したたか令嬢は溺愛される
～論破しますが、こんな私でも良いですか?～
2
著―沢野いずみ
画―TCB
Shitataka reijo ha dekiai sareru
Izumi Sawano & TCB presents

リュスカ・スコレット
スコレット公国公太子候補。
言いたいことをはっきりと伝える
アンジェリカに惚れこみ、
婚約を申し込む。
アンジェリカ・ベルラン
クレイン王国の公爵令嬢。
王太子妃になる予定であったが
婚約破棄騒動で
リュスカと出会い、結ばれる。
正式に婚約するため
隣国スコレット公国に訪れる。
デイジー・バクス
クレイン王国の男爵令嬢。
おっとりした性格だが
根っからの商売人。
クレイン王国一の商会を実家に持つ。
Characters

アーノルド・クレイン
クレイン王国の若き王。
即位してまだ間もなく、
引継ぎに追われる。
デイジーへ想いを寄せている。
フレア・ロッティーニ
リュスカの幼馴染で
スコレット公国の侯爵令嬢。
リュスカにふさわしいのは自分だと
アンジェリカの行く手を阻み
嫌がらせを行う。
ハナ
スコレット公国にて
アンジェリカ付きとなった専属メイド。
常に笑顔を絶やさず
つかみどころがない。

Contents

Shitataka reijo ha dekiai sareru
Izumi Sawano & TCB
presents

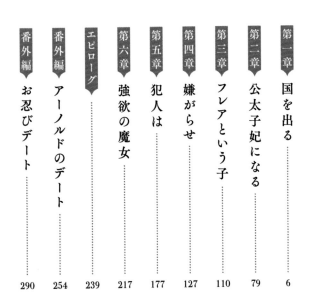

したたか令嬢は溺愛される

～論破しますが、こんな私でも良いですか？～

Shitataka reijo ha dekiai sareru
Izumi Sawano & TCB presents

2

著―沢野いずみ

画―TCB

第一章 国を出る

春うららかな陽気の中、舞い散る花びらを見ながら、私は黄昏《たそがれ》ていた。

目の前には数年過ごした学び舎がある。

「ここも思い出深い――」

言いかけてやめた。思い出深くはあるけれど、いい思い出ではほとんどない。

オーガストの尻拭いばかりさせられ、婚約破棄騒動を巻き起こし、最後はなんと魔女と対決することとなった。

まさかこんな展開になるなど、入学したときは考えもしなかった。

オーガストのことは大嫌いだが、仕方ないこととして受け入れて結婚し、彼の代わりに王に成り代わる予定だった。

……今考えると、それもどうなの、という気がするわね。

だがあのときはそれしかなかったのだ。

「アンジェリカ」

「リュスカ」

リュスカに声をかけられ、私はそちらを振り返った。

「もうここともお別れだな」

「ええ……何だか感慨深くなっちゃって」

私は目の前に建つ学園を見上げた。

今日、私は学園を卒業する。

本来ならまだ在学期間であるが、試験を受けて飛び級したのだ。

婚約破棄前はオーガストへの配慮もあって飛び級させてもらえなかったが、もうそのオーガストは塀の中。文句を言う人間は誰もいない。

リュスカも留学期間が終わり、アーノルドとデイジーも飛び級で卒業した。

彼女たちは用事があると言い、今この場にいるのは、私とリュスカだけだ。

「あれから、いろいろあったな」

あれから……リュスカの言う『あれ』とは、あの魔女騒動のことだ。

婚約者だったオーガストに婚約破棄を告げられて、さらに私に罪を着せようとしてきたのが発端だった。

留学生のリュスカと、オーガストの異母兄でありながら長年日の目を見なかったアーノルド、そして友となったデイジーとともにオーガストとその相手であるベラと直接対決した。

その結果、ベラは色欲の魔女の末裔で、その力で男子生徒を魅了し意のままに操っていたことが判明し、捕らえられた。オーガストも廃太子し、母親とともに牢屋へ。王も今までの責任を取り、退位することとなった。

新たな王にはアーノルドがなったが、なかなか骨が折れるらしい。王太子という期間もなく王となったのだから、その苦労が偲ばれる。

さっきも「お互い卒業おめでとう！　またね！」と言って大慌てで去っていった。仕事が忙しいのだろう。国の上に立つというのは大変だ。

デイジーも家業の手伝いがあるようで、「卒業おめでとうございます。また会いましょう」と言って慌てた様子で帰ってしまった。商家の娘も楽ではなさそうだが、デイジーはとても楽しそうだ。

「これからどうする？」

「そうね。父の仕事を手伝うかしら……」

オーガストたちのやった騒ぎの尻拭いと、それにより王となったアーノルドの補佐を父がやっている。ただでさえある通常業務にそれらが加わって、父は毎日忙しそうだ。どうせ卒業してやることがないのだから、父の手助けをしようと思っている。

「それも親孝行でいいと思うが」

「思うが？」

リュスカが珍しく歯切れ悪く言う。リュスカは頭を少し掻いて、再び口を開いた。

「そろそろきちんと婚約しないか？」

「え」

こんやく。

婚約。

今、間違いなくリュスカは婚約と言った。

「こここここ婚約⁉」

「驚くことじゃないだろう？　以前から婚約の話は出ていたじゃないか」

そうだ。オーガストと婚約破棄してから、リュスカと婚約したらいいと父も言っていたし、リュスカも乗り気だった。

「そもそもプロポーズしてＯＫしただろ？」

「うっ」

そうである。オーガストやベラと決着したあの日――私はリュスカからプロポーズされ、私はそれを受け入れた。

そう、口約束の上ではすでに婚約者同士と言ってもいいだろう。

しかし、貴族の場合、ただの口約束での婚約というのは受け入れられない。

だから婚約するには正式な手続きが必要だ。

オーガストたちの尻拭いや、アーノルドの手伝いなどをしていたら、気付けば数か月経過していた。そのおかげで学園の飛び級試験も受けられて早く卒業できたのだが……。

「忙しいだろうからと待っていたけれど、さすがにこれ以上は待てない。俺も国に帰らないといけないし」

そう、リュスカは留学期間が終わったら帰らなければいけない。

だってリュスカはスコレット公国の公子様だ。いつまでも他国で過ごすことはできない。

「そうよね」

忙しいを言い訳に先延ばしにしてしまったが、私もリュスカが好きなのだ。正式に婚約したい。したいけど、ちょっと……勇気が必要である。

初めて国外に一人で行く。しかも婚約の報告に。

おそらく公国でも有力な未婚男性として若い娘に人気があったであろう、リュスカの婚約者として。

どう考えても敵意ばかりの中に飛び込んでいくことになる。

向こうに行ったら、しばらくはあちらで生活するはずだ。

ただださえアウェイな中、いろんな人に睨《にら》まれることが予測できる。

その中でリュスカの親族に会わなければいけない。そう、スコレット公国の公王や公妃、そしてリュスカの兄弟である公子たちと。

……胃が痛くなりそう。

思わずお腹を押さえた私の手を、リュスカがそっと摑んだ。

「大丈夫、俺が守るよ」

「リュスカ……」

俺が守るよ、というリュスカの言葉が頭の中でエコーする。

今まであのおバカ元王太子のおバカを肩代わりをするばかりで、守ってもらうことなどできなかった。

その私が、守ってもらえる立場になった。

それのなんとむず痒いことか。

そうよ、リュスカが一緒だもの。

そしてリュスカと結婚するために必要なことなんだから、それぐらい頑張れなくてどうするの！

「リュスカ！」

私はリュスカの手を握りしめた。

「私、頑張る！」

そして幸せな花嫁になってみせる！

いいえ——リュスカを幸せにしてみせる！

燃える私にリュスカが「ほどほどにね……」と呟いた。

◇◇◇

「というわけでスコレット公国に行きます」

家に帰ってそう宣言した私に父が「え!?　いきなり!?」と目を見開いた。

「何だ、突然……準備もできていないが」

「早急にやって早急に出発します。すでにスコレット公国にはリュスカを通じて連絡しました」

「行動力！」

やると決めたら早い女なのだ、私は。

「向こうに行ったらしばらく会えないのだから、家族との別れを惜しむということをするものじゃないか？　普通」

「新しい家族を作るので」

ちょっと照れて言うと、「そういうことじゃないんだよなぁ」と父が頭を掻いた。

「何言っても聞かないからな、アンジェリカは……そうだよ、そういう子だよお前は……」

父が遠い目をする。そして深くため息を吐いた。

「気をつけて行ってきなさい」

父が諦めの表情で告げる。

「ありがとうございます！」

私は父からの承諾を得て、すぐに父の執務室を飛び出した。

私はリュスカとの幸せな結婚生活を夢見て、鼻歌を歌いながら荷造りした。

◇◇◇

三日後、私はスコレット公国行きの船の前で、家族に見送られていた。

「気をつけて行ってくるのよ」

「姉上、お気をつけて」

「お前はしっかり者だがやることがぶっ飛んでいることがある。向こうに迷惑をかけないように気をつけなさい」

私を心配している母と弟。そして私よりスコレット公国を心配する父。

おかしい……昨日父は私との別れを寂しがっていたはずなのに。

と思いながら昨日のことを思い出すが、寂しがってはいなかったかもしれない。驚きと心配が混ざった反応だった。

「ご家族の皆様」

リュスカはそんな私の家族の前に立って、胸を張る。

「アンジェリカは俺が幸せにしますので、安心してください」

リュスカが言うと、父も幾分ほっとしたようだった。

「リュスカ殿のことは信頼している。むしろこの子が何か仕出《しで》かさないか心配で……」

父は私を見ると、ため息を吐いた。

私はそこまで信用がないのだろうか。今まで清く正しく美しく生きてきたと思うのだが。

「お嬢様のことはこのアンにお任せください」

そしてアンもついてきた。アンはそのまま結婚後も私に仕える予定である。

「アン。アンジェリカが暴走したら止めるんだぞ」

「もちろんです。ラリアットをしてでも止めます」

「しないでね!?」

とんでもない宣言をしているアンを止める。アンは結構武闘派なのだ。そんなアンのラリアットなど食らったら、受け身をとってもタダでは済まない。というか、主にラリアットってどういうこと!?

「もちろん冗談です」

無表情だから冗談に聞こえないのよ……私じゃなかったらわからないわよ……今のに至っては私でもわからないわよ……。

とはいえ、アンが来てくれるのは心強い。味方ゼロかそうじゃないかの差は大きい。少なくとも、あの異国の地で一人ぼっちではなくなった。

そして他にも……。

「俺もいるから安心してください」

「私もお力になります」

当たり前のようにアーノルドとデイジーの二人が私の家族に挨拶していた。

実は私はとても驚いている。なぜなら二人が同じ船に乗るなど知らなかったからだ。

「二人ともどうしているの？」

私が訊ねると、二人はにこりと笑った。

「俺は新国王として公国に挨拶に行くために」

「私は我が商会の新たな製品を公国に宣伝するために」

二人とも普通のことのように話している。

「というか、前に言ったじゃないか。まあ、アンジェリカさん忙しくてそれどころじゃなかったか。俺もさらっと説明しただけだったし」

「そんなことありましたっけ……？」

記憶を遡るが、そんな説明をされた覚えがない。

「あったあった。学園の廊下ですれ違ったとき『俺も二人について行くね』って」

「待ってそれって公国に行くのについて行くってことだったんですか⁉」

確かに言われた。学園の廊下であれこれ書類を見ながら慌てた様子で早歩きしているアーノルドとすれ違った際、「あ、アンジェリカさん、俺も二人について行くからよろしくね〜」と言って去っていったことがあった。

そのときはなんのことだろうと思っていたけれど、まさか公国に行くことを言っていたとは。

「それだけでわかるわけないじゃないですか！　もっときちんと伝えてくださいよ！」

「いや……二人について行くことは決定事項だったから、伝わってなくてもまあいいかなと思って」

「いいわけないですけど⁉」

詳細説明してもしなくても行くんだから言わなくていいって普通ならないでしょう⁉　なんでもっとちゃんと説明してくれなかったの⁉　疲れ果ててたの⁉　それなら仕方ないね！

「デイジーは……」

「私はこの最新の船の宣伝に行くんです。見てください、この世界最大の船！　最大でありながらも最速でもあるという、我が商会のすべてを詰め込んだ最新技術の結晶！　客室も拘っていて、快適に過ごせるように揺れも少ないように設計されて――」

何やらスイッチを入れてしまったらしい。

デイジーは船について興奮した様子で説明している。彼女は家業がとても好きなようだ。

デイジーの言う『この最新の船』というのは、私たちが今乗ろうとしている船である。

私も初めて見る規模の大きさで、これが運用されるようになると、各国の行き来がしやすくなるし、物流にも影響するだろう。さすが、我が国一番の商会の手がけた船だ。

今回船を貸し切っているため、この船に乗っているのは関係者だけだが、本来なら二百人も乗れるらしい。今までの船は、せいぜい五十人乗れたら大型船と言われていた。それに比べたら、これは大大大型船である。

「これから各国で使ってもらえるように、売り込むんです。これが世界中で使われたら、一気に世界が変わりますよ！」

キラキラした瞳で語るデイジーはイキイキしている。やりたいことをやって、自信に満ち溢れている女性は美しい。

そう思っているのは私だけではないようで、アーノルドがデレっとした顔でデイジーを見ていた。

私はそのアーノルドの腰を肘でつつく。こちらに気付いたアーノルドにそっと耳打ちした。

「せっかく長時間一緒に過ごせるんだから、仲良くなってくださいよ」

「え、な、なななな仲良く……!?」

アーノルドが途端に顔を赤くして狼狽える。もう王になったというのに、こういう部分は年相応の青年らしい。少しほっこりしてしまう。

「これがいい機会です。むしろ最後の機会です」

「最後!?」

「よく考えてください。もうお互い学園も卒業している。あなたは国王で、彼女はしがない小貴族の娘。接点なんてほぼなくなるじゃないですか」

私が事実を伝えると、アーノルドがショックを受けたように、固まった。ガーン、という音が聞こえるようだ。

「ほ、本当だ……接点がない……」

「ね、だから今頑張らないと」

本当はデイジーは大商会の娘だから、国としても何かと接点を持つと思うけれど、今それを言ってしまうのは野暮というものだ。

アーノルドには積極的になってもらうぐらいがちょうどいい。このことは伝えないでおく。

船がポーッと汽笛を鳴らした。

「そろそろ出発ですね」

「そうね」

私たちは乗り遅れないように慌てて船に乗り込んだ。そして甲板に出ると、こちらを見送ってるみんなに手を振った。

私の家族は全力で手を振ってくれていた。

「アンジェリカ！　頼むから向こうの国で何かやらかさないでくれ！　理不尽なことをされたからって、相手にそっくりやり返すんじゃないぞ！　いいか！　ちゃんとやり返すなら時と場合と、その後の影響も考えて密かにやりなさい！」

父がうるさい。

しかも結局やり返すと思われてる。確かにやり返すだろうがちゃんと周りに被害がいかないようにうまくやるから安心してほしい。

「ああ〜……私がついていけたら……だが国王不在の中私までいなくなったら……ああ〜頼むアンジェリカ〜……父さんが禿げるかどうかお前の行動で決まる」

私は父のハゲ頭を想像してしまった。やめてほしい。爽やかな出発の門出に醜いものを想像させないでほしい。

「安心してくださいお父様。やるなら徹底的にやります」

「ああああ安心できないなぁ～！　お父さん禿げそうだなぁアンジェリカ～！」

父が泣きながら訴えているが私はそれを無視した。

「いってきまーす！　皆様お元気でー！」

みんなに大きく手を振る。みんな振り返してくれた。父だけがひたすら何か訴えていたが、気にしないことにする。

バクス商会の英智を詰め込んだ超大型船は、大きな汽笛を鳴らしながら大海原へ出発した。

◇◇◇

船での移動、およそ十日間。

普通の船では大体半月はかかるはずなので、飛躍的な速さである。

さすがデイジーが自信を持って自慢するだけある船だ。

揺れも少なかったし、客室は綺麗だし、ロビーも豪華だった。

「今回私たちが乗っている船は豪華客船仕様ですが、同じ技術で運送用の船も作り、また平民も使

えるようなもう少し費用を抑えた船も作る予定なんです」

デイジーが説明してくれる。これからの展望を語るデイジーは輝いている。

しかし、そんな美しい彼女の姿をしっかりと見たいであろう人物は、今それどころではなかった。

「うえええええ」

アーノルドはバケツと仲良くなっていた。

バケツを抱えながらアーノルドはしくしく泣いた。

「ダメ……俺はもうダメ……歴代最短記録の王になるけどみんなよろしく……」

「ただの船酔いで何言ってるんだ」

リュスカがアーノルドの背中を優しく擦る。

「ただのって言うけど、それが十日も続いてごらんよ……地獄だよ……」

そう、アーノルドは初日からこの調子だった。

確かに十日間もこの調子では可哀想だ。デイジーにアタックどころか、せっかくの船旅をまったく満喫できずに終わった。

しかし安心してほしい。

私はアーノルドの肩に手を置いた。

「ほら、外を見て」

アーノルドは、この十日間でずいぶん痩せこけてしまった顔を外に向けた。

「あ」

そして目を見張る。

「陸だ……」

そう、そこには目的地、スコレット公国が見えていた。

「陸だーーーー!!」

アーノルドは嬉しそうに叫んだあと、また「うっ」と言ってバケツとお友達になってしまった。

程なくして船が港に着く。

アーノルドを支えながら船から降りて、私は久々の陸地を踏みしめた。

「ここが……」

私は強い日差しを遮ろうと、手を顔の上に掲げた。

「ここがスコレット公国」

私は他国の空気を肌で感じていた。

港町は活気があった。おそらく船から届いた品をそのまま売っているのか、出店が並んでいた。

皆笑顔で接客し、客も楽しそうに対応している。

それはこの国がそれだけ国民の心のゆとりを保てるだけの豊かさがあることの象徴だった。

「首都はここからそう遠くない。馬車を用意してもらっているからそれで移動しよう」

リュスカに案内してもらい、馬車に乗る。アーノルドが「まだ乗り物に乗るの……」と悲しげに訴えていたが、こればかりは我慢してもらうしかない。

私とリュスカで一つの馬車、アーノルドとデイジーはそれぞれ別々の馬車に乗って出発した。アンは「カップルの邪魔になるので」と言って荷物の馬車とともに乗り込んでしまった。

アーノルドがあの状態でなければデイジーと同じ馬車にしてあげたかったが、今一緒に乗せるのは逆に可哀想だ。アーノルドには別の機会に頑張ってもらおう。

「着いたな」

リュスカの言葉で馬車から降りる。

「わあ！」

私は目の前の景色に目を見開いた。

首都ということで、港より栄えているだろうことは想像していた。しかし、実際は私の想像を遥かに超えていた。

大きな都市で、人でひしめき合っているかと思ったが、道の整備が行き届いているからだろうか。人は確かに多いが、混雑は感じられなかった。

大きな建物も多く、通りごとに武器の通り、服飾の通り、雑貨の通りなどがあるようで、それぞれ賑わっている。

港町とはまた違った活気がある。

「すごい……さすが大国……」

うちも小さな国ではないが、公国と比べると圧倒的な力の差を感じてしまう。

しかし、それを感じているのは私だけではなかったようだ。

「まずい緊張してきた別の意味の吐き気が始まりそう」

「だ、大丈夫ですか……？」

今度は緊張で顔を青くしたアーノルドを、デイジーが優しく支えている。今のところアーノルドはデイジーに情けないところしか見せていない。

「アーノルド陛下、いいかげん王らしい自信とか身につけてくださいよ」

「そんなの一朝一夕には身につかないよ。俺はもともと小心者なんだ」

「前国王陛下を断罪したときは強気だったじゃないですか」

あのときのアーノルドの堂々たる姿。あの姿を見て、誰もがオーガストではなく、アーノルドが次期王に相応しいと思ったはずだ。

「あれは怒りのパワーだよ。俺が自信や野望に満ち溢れている人間だったら、あんな離宮で何年もひっそりと暮らしてなんかいるはずないでしょ？」

確かに。アーノルドがもっと気が強かったらあんな冷遇など受け入れていなかっただろう。

「本当はひっそりと暮らすほうが性に合ってるんだけどなぁ」

アーノルドがちらりとデイジーを見た。

「なんなら商会で働いたりさ」

アーノルドはオーガストとは違い、賢い。アーノルドの実力なら商会でも重要なポジションになれるはずだ。オーガストがあそこまでのバカでなければ、アーノルドは王にはならず、デイジーとともに働く未来もあったのかもしれない。

「そんなアーノルド殿下……じゃなかった陛下に働いていただくなんて恐れ多い……！」

デイジーがブンブン頭がもげそうな勢いで首を横に振った。

「うちは平民の方が多く働いています。王族と一緒に働いたらみんな緊張で仕事どころではなくなっちゃいますよ」

「そ、そうか……」

もしかしたらあったかもしれない理想を語っただけなのに、全力の拒否を受けてアーノルドは見るからに落ち込んでいた。

これからこの国の偉い人たちと顔合わせをするというのに、こんなんで大丈夫だろうか……。

リュスカはそんなアーノルドを見て肩をすくめた。

「本当は観光を兼ねて歩いて行こうと思ったけど、街歩きはまた今度にしようか。アーノルドはまだ身体が本調子ではなさそうだし、街歩きをする気分でもなさそうだからね……」

「そうね……」

私たちは再び馬車に戻った。

皇族御用達の乗り心地のいい馬車に乗りながら、私は聞きたくても聞けなかったことを尋ねるために口を開いた。

「あの、聞いておきたいんだけど」

「うん？」

徐々に近くなる目的地に私は落ち着かない気持ちになる。

「これからリュスカの家族に会うわけじゃない？　その……ご家族はどう思ってるのかなって……」

「どうって？」

私は居心地悪く感じ、少しだけ腰を浮かせて席を移動した。人は落ち着かないとき、どうしてもじっとしていられない。

「いきなり留学先で知らない人間が息子の婚約者になって……嫌がられていないかなって……」

ずっと気にしていたのだ。

公家はリュスカを学ぶために留学に行かせたのであって、婚約者を探すためではなかったはずだ。

それにリュスカはスコレット公国の直系第三子であり、公太子になるかもしれない人物だ。

相手など選り取りみどりで、スコレット公国より小さなクレイン王国の公爵令嬢とわざわざ結婚する利点もない。むしろ得はこちらばかりだ。

おそらく本来なら、国内の有力貴族か、もっと大きな国の王女などと結婚することが、リュスカにとって得であると思う。公家も、本当はそれを求めていたのではないだろうか。

婚約破棄騒動から忙しいのは確かだったが、正直、リュスカの家族の反応が恐ろしくて、忙しさを理由に、婚約を先延ばしにしてしまったことも事実だ。

対面して、もし拒絶されたら……。

「なんだ。そんなことを気にしてたのか」

しかし、リュスカは私の不安など一瞬でかき消してしまった。

「もともと留学先で相手を見つけるのも珍しいことじゃないんだよ。何せ、結婚適齢期に留学するからね。だから、その辺はわりと自由なんだ。もちろん、一応国を担う立場から、認められない場合もあるけど、貴族令嬢なら基本問題ないよ」

「そうなの？」

「うん。認められない場合も、大半は公家を出て相手と結ばれるパターンが多いかも」

「そうなの⁉」

思った以上に結婚に対して寛大だ。幼い頃から婚約していて雁字搦《がんじがら》めにされていた私とは大違いだ。

そして話している最中で気付く。

あ、そうだ、婚約……！

「スコレット公国内で、結婚相手とか決まっていたりって……」

恐る恐る訊ねる。

クレイン王国は幼い頃から相手がいることが当たり前だ。今の話を聞いている限り、スコレット公国は結婚に対して自由な方針のようだが、一度きちんと確認しておかなければ。

もしいるとしたら、私がリュスカと婚約することによってその人が不利益を被るかもしれない。

私の場合は婚約破棄できてラッキーだったが、そうでない人もいる。ましてやリュスカの婚約者という立場はそうそう手放したくないだろう。

「俺に婚約者がいるかってこと？　はは、ないない」

私が懸念していたことをリュスカはあっさり一蹴した。

「うちはそんなに早く婚約者は決めないし、俺が相手を見つけなかったらあっただろうけど、こうして見つけてきたから相手も用意されていないはずだ。それ以前も、別に誰かと婚約しろと言われたことはないし」

リュスカからの否定に、私は胸を撫で下ろした。

私の国は親同士が決めてしまう婚約が多いが、スコレット公国にはそうしたものはないらしい。やはり国が違うと結婚に対する文化も違うものなのだな。

最悪修羅場も想像していたからこれで一安心だ。

あとはリュスカの家族に気に入られたらいいけど……。

さきほどから膝の上でギュッと握っていた手を、リュスカが上からそっと握りしめた。

「大丈夫。俺がなんとかするから」

「リュスカ……」

俺がなんとかするから。

そんなこと、オーガストからは一度も言われたことがない。むしろ私がいつもなんとかしてきた。

それに、仮にオーガストから言われても、これほど胸をときめかせたりしなかっただろう。

この胸の高鳴りはリュスカだからだ。

「ありがとう。私もリュスカの素敵なお嫁さんになれるように頑張る」

「アンジェリカ……」

私とリュスカの距離が近くなったそのとき。

――コンコンコン。

馬車の窓が叩かれた。

窓に視線を向けるとアーノルドがこちらをシラケた瞳で覗き込んでいた。

「お二人さん、とっくに着いてますよ」

窓越しだがはっきりそう聞こえ、私とリュスカは馬車を降りた。

恥ずかしくて気まずい私に対して、リュスカは気にしてなさそうだった。

「もう少しだったのに……」

むしろ、邪魔をしたアーノルドに不満そうだった。

「二人だけイチャイチャするなんてずるいじゃないか。俺だって本当はデイジーとイチャイチャしたいのに……」

アーノルドがデイジーに聞こえない声量でリュスカに言った。

ちなみにデイジーはアーノルドたちと少し離れ、「船の説明を上手くできるようにしておかないと」と言って設計図を見ながらブツブツ呟いている。

アンは荷馬車から下りて、荷物について、御者と話している。

「アーノルドが船酔いしたのも、デイジーに一緒に働けないとはっきり言われたのも、俺のせいじゃないだろ」

「そうだけど……そうだけどずるいじゃん！」

子供の癇癪《かんしゃく》のようだ。

だが離宮に閉じ込められていたアーノルドがこうして自由に感情を露わにすることはいい傾向だと思う。仕事中はきちんと王として感情をコントロールしているし、プライベートぐらいこうして過ごせるようになるといいな。

「そんなにデイジーがいいなら、デイジーの親に許可を取って婚約者にしたらいいだろう。身分が低すぎるという問題も、高位貴族の養女になったらいいだけだ。デイジーなら立派な王妃になると思うぞ」

デイジーは柔らかな雰囲気の女性でありながらも、商会で仕事をしているので、しっかりとした非常に頭の回転の早い芯の強い人間でもある。

王妃は王の補佐をしなければいけない。賢いデイジーならぴったりだ。

「それじゃダメなんだ！」

しかし、アーノルドは拒絶した。

「俺はデイジーと両思いになりたいんだよ！」

私とリュスカが顔を見合わせてから、デイジーを見た。デイジーは真剣に説明書の内容を頭に叩きこんでいる。

「……お前より船に興味がありそうだぞ」

「わかってるよ！　まったく相手にされてないことぐらい！」

アーノルドは船酔いと馬車酔いで悪かった顔色が、幾分か良くなっていた。興奮しているからかもしれない。

「そもそも王族だからという理由でなぜか恋愛対象外扱いされているんだ。なんでだよ。王族だって恋をするんだよ。その恋愛の末にできちゃったのが俺だぞ」

まったくもってその通りだ。アーノルド自身が前王の恋愛感情から生まれた子供だ。アーノルドの父親である、前クレイン国王が、初恋の女性を側妃にし、アーノルドが生まれた。アーノルドの母親が前王のことをどう思っていたかは知らないが、あの冷遇ぶりでは前王に愛情は抱けないのではないだろうか。そうすると一方通行の愛である。

「俺は父のような人間になりたくないんだよ。母を無理やり側妃にして、俺を産ませて。おかげで俺と母がどれだけ苦労したか」

アーノルドが怒りをにじませた口調で話す。当時のことを思い出しているのかもしれない。

私はあくまで事情を多少知っているだけで、実際彼らの苦労を見てきたわけではないが、きっと私には想像もできないような辛い経験があったに違いない。

「王である俺が結婚の申し入れをしたら……デイジーや彼女の家族は断れないだろう。もしデイジーが他に好きな相手がいたり、俺を嫌いだったら、デイジーといずれ生まれる俺との子供が、俺のように不幸になってしまう。……それはダメだ」

「アーノルド陛下……」

デイジーに対する想いは、淡い恋心かと思ったが、本気の恋だったようだ。

真剣にデイジーとの今後について考えているアーノルドは、あの短絡的なオーガストの兄弟とは信じられないほど思慮深い人間だ。

「だから」

アーノルドがグッと拳を握った。

「だから何がなんでも両思いにならないと！」

アーノルドは燃えていた。

「相手にされなくてもしつこくしてたら視界には入るはず！　きっといつか『この人一緒にいても不快じゃないいな』と思わせてみせる！」

「目標が絶妙に低くないでしょうか……」

「何言ってるんだ！　結婚したら何年も一緒にいるんだからそばにいて嫌な気分にならないということは大事だぞ！」

た、確かに……。

結構結婚条件の真理をついている。仮面夫婦も多いが、お互い気があわないならただ一緒に暮らすだけでストレスが半端ないだろう。

結婚生活は長い。だから可能な限り相手も自分も不快にならない相手と結婚することは、生きる上で大切だ。

「こうして一緒に船旅をしている時点で、不快ではないんじゃないですかね？」

「え……本当？」

どうしてそんなに自信なさげなんだ。

デイジーは今説明書に夢中だが、アーノルドとの距離は近い。

彼女はアーノルドの隣にいるのを嫌がったことはない。普通に会話もするし、目も合わせる。それはアーノルドを受け入れていることに他ならない。

しかしアーノルドは相変わらず自信なさげだ。

これはデイジーの力を借りるしかないな、と思い、私たちの後ろでブツブツ呟いているデイジーに声をかけた。

「ね、デイジー」

「空気の抵抗を減らし、素材である木材は軽いけれど丈夫なものを使用したことで積載量を増やすことを可能にし……」

「デイジー！」

「ひゃあ！　は、はい！」

船の説明書を読むのに夢中になっているデイジーに気付いてもらうように大きめの声を出したら、意識が違うところに行っていたデイジーは飛び上がって驚いた。

「な、なんですか？」

「あのね、デイジーはアーノルド陛下のことどう――」

「わーーーーー!!」

デイジーに訊ねようとしたところでアーノルドが大声を出した。

「何聞こうとしてるの!?　ダメだよ!?　そういうのは俺がいないときにしてくれないとブロークンハートでこれからの外交に支障が出るよ!?」

「そんなに!?」

「当たり前でしょ!?　ショック受けて取り繕えるほどできた人間じゃないんだよ！」

アーノルドの必死な様子に、一瞬どうしようか、と考えたが、外交に影響があるのなら尚更聞いておいたほうがいい。きっとここでやめたら、アーノルドの性格上、「どう思ってたんだろう……」

と悩んで落ち着かないだろうから。

「デイジーはアーノルド陛下のこと嫌いじゃないわよね？」

「え？」

きょとんとするデイジーに対し、アーノルドは初めて見るすごい表情で私を見た。とんでもない圧を感じながら、デイジーの返事を待った。

デイジーがにこりと笑った。

「当たり前じゃないですか。もちろん、好きですよ」

私に圧をかけていたアーノルドがバッとデイジーを見た。デイジーはやはりにこりと笑った。アーノルドが安心したかのように肩の力を抜いた。

「だって友達ですもの」

ピシリ、とアーノルドが固まった。

「友達」

「友達」

アーノルドが確認するかのように呟き、デイジーが頷いてそれを肯定した。

しまった。デイジーがアーノルドを嫌いでないことは明らかだから、「嫌いじゃない」とハッキリ明言してもらったほうがアーノルドも嬉しいだろうと思って訊ねたのだが、友達発言は想定外だった。

「友達！」

叫んでアーノルドが馬車に頭を打ち付けた。

しん、と一瞬静けさが漂った。

今のアーノルドに声をかけたくない。しかし、このまま馬車に頭をくっつけられても困る。

私は意を決してアーノルドに声をかけた。

「あの……」

声をかけるとアーノルドはバッとこちらを向いた。

笑顔だった。

「友達だって」

アーノルドはいくらか上ずった声で言った。

それは無理している表情でもなく、心から喜んでいる様子だった。

「あれ？　落ち込んでたんじゃ……」

「まさか」

アーノルドが楽しげに言う。

「友達ってことは個人として認識してもらえているし、好感だってあるじゃないか。好かれているなんてこれほど嬉しいことはないよ！　あー、よかった！　よぉし！　この調子で仕事も頑張るぞー！」

アーノルドは嬉しそうにスキップして私たちより先に行ってしまった。ちなみにデイジーは友達と答えてすぐに船の取り扱い説明書に意識を戻してしまったので、アーノルドの奇行は見ていない。

「……友達から異性として見てもらうのもなかなか大変だと教えたほうがいいかしら」

「嬉しそうだからそっとしておこう……」

「そうね……水を差しちゃいけないものね……」

悲しい現実は教えないほうがいい。

私とリュスカは遠い目をしながらアーノルドをそっと見守った。

◇◇◇

馬車から降りてほんの数分歩いたところに目的地があった。

「ふぁー……」

ここに来てから驚いてばかりだが、目の前の建物には驚かざるを得ない。

クレイン王国の王城の倍はあろうかという立派な宮殿がそこにあった。

入口には大きな門が設置されており、そこには人も配置されている。おそらく防犯やテロ対策だろう。クレイン王国にも門番はいたが、それより厳重だ。さすが大国、警備もしっかりしている。

門と宮殿の間には広い庭園があり、今いるところからも、色とりどりの花が咲き誇っているのが確認できた。

「公家の人間はそのまま馬車で中まで行けるんだが、今回俺も含めて全員来賓として招待されているから、少し手前で馬車を降りてもらったんだ」

なぜ馬車で直接宮殿の中に行かないで少し歩いていくことになったのか、リュスカが説明してくれた。

門の前にたどり着くと、門番に止められる。数人いる門番の中から、男女一人ずつ前に出てきた。

「お待ちください。……リュスカ殿下、よく無事にお戻りくださいました」

「ああ、ただいま」

門番がリュスカに頭を下げたあと、私たちに向き直った。

「念のため、武器などを持っていないか確認させてください」

「どうぞ」

門番からのお願いを素直に聞く。私たちはあくまで他国から来た人間だから、門番チェックをするのは何もおかしなことではない。

怪しい物など持っていないし、拒否する理由もない。逆に嫌がれば怪しまれるだろう。

男性の門番は男性を。女性の門番は女性をそれぞれ確認した。このために門番は男女一人ずつ出てきたのだな、と理解した。

「失礼しました。どうぞお進みください」

門番からの許可が下り、私たちは中に進んだ。

門の前から見えていた庭園に差し掛かる。

「わあ、綺麗！」

遠くからはあまりわからなかった、多種多様な木と草花がそこにはあった。初めて見るものも多く、とても美しい。

「わ！　これは自然界でしか存在していないと言われている幻のホタルバラでは⁉　はっ！　こっちは三十年に一度しか咲かないマレスイセン⁉」

デイジーが私とは違うベクトルで興奮していた。

「ホタル……何？」

「ホタルバラですよ！　ホタルバラ！　暗闇でホタルみたいに光るんですけど、繊細な植物で育てるのは不可能と言われている幻のバラですよ！」

デイジーは鼻息荒く説明してくれた。

「これも！　これも！　全部珍しい物だらけ！　すごいですよこれは！」

「デイジーって植物が好きなの？」

「植物は嫌いではないですけど、それより……」

デイジーが瞳を輝かせる。

「これらはすっっごく価値があって高く売れるんですよ！　こんな貴重なものがこんなにたくさん

あるなんて、商家の娘として興奮しないわけにはいかないですよ！」

普段大人しめなデイジーが鼻息荒く植物を見ている。

「ああ。どうやって栽培しているんだろう。教えてもらえたりしますか？」

「残念ながら栽培方法は秘密と聞いた」

「そんなぁ～」

デイジーが肩を落とした。

「栽培できたら商会で扱おうと思ったのに……」

ガックリと落ち込んだデイジーはそれでも諦めきれない様子で植物を見ていた。

前から思っていたけどデイジーって大人しそうに見えて、商魂すごいわよね。

「せめて庭師に話を……」

「ダメだ」

「そんなぁ～」

往生際悪く、さっきと同じようなやりとりをデイジーとリュスカがしていると――。

「ちょっとあなた」

いきなり甲高い声が響いた。

声のほうを振り返ると女の子が立っていた。

年の頃はおそらくそんなに私と変わらないだろう。癖のある赤毛を二つくくりにし、リボンで留めている。植物を思わず連想させる綺麗な黄緑色の瞳でこちらをキツく睨みつけ、唇をクッと結んでいる。しかし睨みつけていてもその顔の美しさは損なわれていない。元の素材の良さと、少女という年頃の可憐な美しさが彼女にはあった。

少女はつかつかと歩み寄ると、デイジーの前に立ちはだかった。

「あなた、お兄様から離れなさい！」

ポカンと少女を見ていたデイジーが、おもむろに口を開いた。

「リュスカ様の妹……ですか？」

少女が『お兄様』と言ったからだろう。デイジーは少女をリュスカの妹だと思ったようだ。

「そんなわけないでしょう⁉」

だが、どうやら違ったらしい。

「確かにわたくしはリュスカお兄様に似て大変容姿が整っているので間違うのも無理はありませんが」

そしてとんでもなく自信過剰である。いや、容姿が整っているのはその通りであるが。

少女は髪を後ろに払いのけて言った。

「わたくしはリュスカお兄様の従姉妹で、ロッティーニ侯爵が娘、フレアですわ」

従姉妹、ということは彼女も公家の人間なのだろうか。この宮殿内を供も連れずに自由に歩き回れているのだから、おそらくそうなのだろう。

「それより」

フレアが再びデイジーのほうを見た。

「あなたがアンジェリカですわね？」

デイジーが目を瞬いた。そしてとても気まずそうに呟いた。

「違います……」

「え……」

今度はフレアが気まずそうな表情を浮かべた。

「あなたではないんですの？」

「えっと、もう一人の……」

と、そこでようやく私が視界に入ったらしいフレアがこちらに視線を向けた。

「あなたですの⁉　どうしてお兄様にくっついていないんです⁉」

どうしてと言われましても……。

「ええっと」

「普通婚約するというのならもっとべったりしているものでしょう⁉　おかげで間違えてしまったではありませんか！」

そんなことを言われましても……。

「フレア、変なことを言うな」

私が困っていると、リュスカが助け舟を出してくれた。

「アンジェリカは奥ゆかしい女性なんだ。人前でそんなにベタベタするタイプじゃない」

助け舟……だろうか……？

私って奥ゆかしかっただろうか。誰かの後ろで控えているタイプではないのだが。

リュスカの反応は、フレアにとっては気に入らないものだったようだ。

「へえ……随分とそのアンジェリカ様のことをよくわかっていらっしゃいますのね」

口調は穏やかだが、チクチクとした棘を感じた。

しかし、リュスカはその棘を感じ取れなかったようだ。

「ああ。一緒に魔女を倒した仲だしな」

「……二人だけの絆というやつですか？」

ピクピクとフレアの頬が引き攣っている。私とリュスカだけではなく、いろんな人の力を借りたのだが。リュスカが照れくさそうに頭を掻いた。

「まあ、そうだな」

ピシャーーーン！　と彼女の中で衝撃が走ったのがわかった。

しかし、やはりリュスカは彼女の様子に気付かなかった。

「あ、紹介していなかった。フレア、こっち」

リュスカはフレアを私たちの前に立たせた。

「さっき自分で言っていたけど俺からも改めて……この子はフレア。俺の従姉妹で小さい頃はよく一緒に遊んでいた、妹みたいな子だ」

「妹⁉」

フレアがまた衝撃を受けていた。そんなフレアの反応に、リュスカも驚いていた。

「え……何か間違ったか？」

曇りなき眼でフレアを見るリュスカから、彼が本心からフレアを妹のように思っていることが察せられた。

そんなリュスカを前にして、フレアはさきほどの強気な口調はどこに行ったのか、もそもそと喋る。

「違うというか……わたくしはもっと……その……」

「違うのか？」

リュスカが少し傷ついたような、寂しそうな視線をフレアに送る。

「うっ」

リュスカの視線にたじろぐフレア。じっと見つめるリュスカ。

「ううっ……」

苦悶の表情を浮かべながら、リュスカの視線を受けるフレアは、ついに覚悟を決めたように前を見据えた。

「妹のように大切にされているフレアですわ」

絶妙に見栄が入っている。わざわざ『大切にされている』を入れた。

リュスカがパッと表情を明るくした。

「そうなんだ。小さい頃からよく懐いてくれてね。いやあ、懐かしいなあ。公家の管理している森に花を摘みに行って、背中にカブトムシ付けて戻ってきたこともあったなぁ。そのあとも——」

「お兄様！　その話はしないでくださいませ！」

顔を真っ赤にしたフレアがリュスカの口を両手で塞ぐ。

そのあと何があったんだろう。とても続きが気になるが、本人は聞いてほしくなさそうだから無理に聞き出すのはやめておこう。

フレアはお嬢様な容姿からは想像できないほど、お転婆だったようだ。

「そんなことより、早く行かなくていいんですの？」

話題を変えたかった様子のフレアが、通路の先を指差した。

しまった。リュスカの家族に会うんだった！

もしかしたら待たせてしまっているかもしれない！

「急ぎましょう！」

「そうだな」

綺麗な庭園は名残惜しいが、しばらくこの国でお世話になるのだ。見る機会はいくらでもある。

建物の構造がわからないため、リュスカを先頭にしながら、私たちは早歩きで目的地に向かった。

しばらく歩くと、大きな扉の前に出た。

「ここだ」

リュスカの言葉に私は唾を飲み込んだ。

この扉の先に、リュスカの家族がいる。

リュスカが扉の取っ手を手にして、ゆっくりと扉を開いた。

扉が開いた先は玉座だった。

玉座を中心に数人の男女が立っており、玉座にはリュスカによく似た面持ちの男性が座っていた。

「よく戻った」

「ただいま戻りました、陛下」

リュスカはスコレット公国の第三公子。つまり、この玉座に座っているリュスカに陛下と呼ばれた人物――公王がリュスカの父親である。

私の義理の父になる人物だ。

緊張する中、スッと私の前に出てきた人物がいた。

アーノルドだ。

「お初にお目にかかります。私はクレイン王国の新国王となりました、アーノルドと申します」

アーノルドが頭を垂れる。

「ああ、聞いている。大変だったようだな」

「我が国の醜聞が耳に入っているようで大変お恥ずかしい限りです」

公王はアーノルドを見ると、納得したように頷いた。

「前の王太子には私も一度会ったことはあったが……君が王になって民は幸せだな」

「恐れ入ります」

今公王は、オーガストが王になっていたら国が終わっていた、ということを言外に言っているのだ。

一度会ったことがあると言っていたが、オーガストはクレイン王国とスコレット公国の国力の差も理解していなかった男だ。もしかしたら、スコレット公国の方が下だと思い込んだまま、公王にも接した可能性がある。

前国王はあれを王にするつもりだったのだから、恐ろしいことだ。無事廃嫡できて良かった。

公王が玉座から立ち上がった。スッとアーノルドに手を差し出す。

「いろいろあって大変だろう。こちらからもできる限りの支援をさせてもらおう」

「ありがとうございます」

アーノルドと公王が握手を交わす。

アーノルドは先ほど緊張すると言っていたのが嘘のように慣れた様子で公王と対話していた。

やるときにしっかりやる。それが王にとって必要なことで、アーノルドにはそれが備わっている。

やはり王の器はオーガストではなくアーノルドだったなと実感した。

アーノルドとの挨拶を済ませた公王が今度はこちらに視線を向けた。

「そこの娘は……」

いよいよ私か、と少し下げていた顔を上げると、公王が見ていたのは、私ではなくデイジーだった。

デイジーは緊張した面持ちで口を開いた。

「は、初めまして。私はバクス商会の使いで来ました、デイジー・バクスと申します」

デイジーの言葉に、公王が「ああ」と頷いた。

「バクス商会の！　君のところの製品はとても画期的で素晴らしいと聞いている。今回は大型船を作ったとか？」

「はい！」

緊張で顔を引き攣らせていたデイジーが、公王から商会について褒められ、嬉しそうな表情に変わった。

「本日船とともに参りました。ぜひ、大型船を見ていただきたく、説明するお時間を頂戴できれば光栄です」

デイジーが商会の人間らしく、交渉を始める。

「ああ、そうだな。大型船については私も関心がある。ぜひまた時間を取って説明をしてほしい」

「ありがとうございます！」

デイジーが頭を深く下げた。

乗ってきた最新の大型船はデイジーが言っていた通り、素晴らしい作りだった。あれで各国各地を行き来できるようになったら、文明も発達していくだろう。

「さて……ではリュスカの相手は――」

公王がこちらを振り向いた。

「君かな？」

私は唾を飲み込んだ。

「お初にお目にかかります。アンジェリカ・ベルランと申します。リュスカ殿下との婚約を認めていただきたく参りました」

公王に向けてカーテシーを披露する。

「どうか認めてください」

頭を下げたまま懇願する。

スコレット公国は大国だ。それこそ縁続きになりたい人間などごまんといる。わざわざ国力が劣るクレイン王国の貴族の一人を嫁入りさせる利点は、スコレット公国にはない。

私と結婚するというのは、リュスカの一存だ。

もし公家がリュスカと違う考えだったら――。

「んまぁ～！　なんて奥ゆかしい子なのかしら！」

突然響き渡った声に、思考が中断された。

頭を上げて声の主を探すと、公王の隣に立っていたとても美しい女性がキラキラした瞳でこちらを見ていた。

女性はこちらにスタスタと歩み寄ると、ガシッと私の手を握りしめた。

「リュスカのお嫁さんが来ると聞いたからどんな子かと思いきや！　なーんてしっかりした子なの！　さすが我が公家の良心が選んだ子！」

「あ、え、あ……？」

どこかリュスカに似た顔の女性に手を摑まれ、戸惑いを隠せない。

「やっぱり女の子はいいわねえ。うちは言うことを聞かない男たちばっかりだから。本当にもう可愛げがなくて」

「は、はぁ……」

どう返事をしていいかわからず、曖昧にほほ笑んだ。

すると、私の隣にいたリュスカが助け舟を出してくれた。

「母上、アンジェリカが戸惑っています」

リュスカがそっと女性に握られた手を取り返してくれた。

「あらいやだ。いきなりごめんなさいね」

女性がほほほほ、と笑った。

ははうえ。母上。母上⁉

確かにリュスカの面影があるはずだ。リュスカの母親なのだから。

大きな子供がいるように見えない美しいその人は、その白魚のような手を自身の頬に当てた。

「もっと猫かぶって対面しようと思ってたのにダメねぇ。素敵な女の子だったから、つい。ごめんなさいね、アンジェリカさん」

「い、いえ、そんなっ」

慌てて否定する。確かに驚いたが、謝られるようなことは何もない。

むしろ、この空間で明るく優しく接してくれて少し緊張がほぐれたところだ。

「あー、本当に女の子っていいわぁ。アンジェリカさんのご両親も、きっと手放すのが惜しいでしょうね。こんなに可愛い子だもの」

「そ、そんな……」

ここまで褒めてもらって嬉しいが、あまり褒められ慣れていないのでどう反応していいかわからない。オーガストから褒められることなどなかったし、そのオーガストの婚約者としてやって当たり前、できて当たり前だったから、みんな褒めることなどしてくれなかった。

嬉しいが戸惑いのほうが大きい。

あとうちの親は喜んで私を送り出していた。惜しまれていない。

「私、女の子がほしかったのよね。でも見事にみんな男の子で……はあ。せめて可愛げがあればねえ」

チラリとリュスカの母、スコレット公国の公王妃がそばに立っている男性二人を見た。

「可愛げで剣を扱えないだろ」

黒髪に短髪で、腰に剣を差している男性がムッとした様子で答えた。

「学問ができれば可愛げなどなくて結構です」

黒髪を伸ばし、ひと結びにくくった男性がメガネをクイッと指で押し上げて答えた。

「ねえ？　可愛げないでしょう？」

公王妃は不満そうに頬を膨らませた。

そんな彼女が視界に入っていないかのように、二人は私に向き直った。

「初めまして。俺は第一公子、アロイスだ」

短髪の男性が言った。

「私は第二公子、ドミニクです。以後お見知りおきを」

長髪の男性が言った。

つまりこの二人が、リュスカの兄になる。

「初めまして。こちらこそよろしくお願いいたします」

頭を下げる。

二人はそんな私をじっと見ていた。

「いやあ、さすがリュスカだなあ。見る目があるよ。お前と違って」

「誰のこと言ってるんです？」

「お前だよ。性格悪い猫かぶり女に騙されそうになったドミニクくん」

「あれはッ！　だから別に付きまとわれていただけで相手などしておりません！」

「どうだかなぁ～」

からかうアロイスに、歯を食いしばるドミニク。

もしかしてこの二人仲が悪いのだろうかとオロオロしていると、リュスカが私の肩にそっと手を置いた。

「いつものじゃれ合いだから気にしなくていい。あれで仲は悪くないんだよ」

「別に良くもないよ」

「同意」

リュスカの言葉に即座に二人が返事を返した。

「まあ、これでリュスカが公太子に正式に内定かな」

「え」

どういうことだろう。

リュスカからそうなる可能性はあると聞いているけれど、公太子に内定するなど聞いていない。

あくまで可能性だと聞いていた。

見たところ二人に大きな問題は見られず、どうしてリュスカなのだろうと首を傾げた。

「あれ、聞いてないかな。俺たちがあんまりに公王向けの性格をしていないから、リュスカを次の公王にしようという流れはできてたんだけど、そのために身を固めてほしい、って話が出てたんだよ」

初耳である。

「リュスカは『自分で相手を決める』って言ってなかなか決めなくて。で、そのまま留学に行っちゃうし、こっちは相手をどうするかってみんなソワソワしてたんだぜ」

「兄さんたちの尻拭いのようなものなのに、勝手にソワソワしないでほしいな」

リュスカの言うことは的を射ていて、アロイスは少したじろいだ。

「うっ……それを言われると……」

「そもそもアロイス兄さんが『俺は剣に生きたい』とか言わなければ公王に決定だっただろ」

「それは仕方ないだろ！　俺は政治の小難しい話とか苦手だからさ！　それにそれを言うならドミニクもだろ」

話題に出されたドミニクは不快そうに顔を歪めた。

「あなたと一緒にしないでください。私は人との会話が不得手であり、研究職が向いていると自分で気付いて辞退したのです」

「お前、それ俺と大して理由変わらないって気付けよ」

「変わります！　心構えが！」

「なんだよ心構えって！　俺だって違う道に向かう心構えあるっつーの！」

またケンカを始めてしまった。

言い合う二人にリュスカが首を横に振った。

「いつもこうなんだ。気にしなくていい」

「そうなの？」

仲がいいんだか悪いんだか。

わからないが言い合っている二人は傍から見ると楽しそうだ。きっと本人たちは否定するけど。

「あ、そういえば、お前の婚約者にフレアはどうかって話まで出て――」

そこまで言って、アロイスは私たちの後ろにいる人物にようやく気付いたようだ。

「あれ、なんでフレアがいるわけ？」

そう、フレアはずっと私たちにくっついて来ていたのだ。ずっと。

フレアを指差しながらアロイスが首を傾げた。

「呼んでないよな？　今日家族で顔合わせだってのは伝えてたよな？」

どうやらフレアは独断で乗り込んできたようだった。

確かに親族と言えど、他家の人間はわざわざ顔合わせには呼ばないかもしれない。

フレアはフンッと鼻息を荒くする。

「リュスカお兄様の相手を見に来ただけですわ！」

「いや来るなよ、非常識だろ……」

もっともなアロイスのツッコミに、フレアが顔を赤くした。

「リュスカお兄様が変な女に騙されていたらどうするんです⁉　責任取れるんですか⁉」

「いや、それたとえそうだとしても、お前の出てくる幕じゃないだろ」

アロイスは言葉に遠慮がない。そういう性格なのだろう。

フレアがグッと一瞬押し黙った。

「も、もし騙されてたらわたくしが責任を持ってお兄様のお相手に……」

「なんないだろ。お前リュスカに妹としか見られてないじゃん。リュスカが無理だろ、妹を嫁になんて。な、リュスカ」

アロイスはリュスカに意見を求めた。

「ああ。家族みたいに思っていて大切な存在には変わりないが、嫁になんて考えられないな」

「だろ？　無理無理。諦めな」

アロイスはきっぱり言う。

「だから俺はフレアが候補に出た時点でやめとけって言ったんだよ。妹と結婚できないだろ。ないない。無理無理」

アロイスはフレアに何か恨みでもあるのだろうか。

ついにフレアは身体をブルブル震わせた。

「わ、わたくしわたくし……」

わなわな震えているフレアの肩を、ポン、と叩く手があった。

公王妃だ。

「フレアちゃん」

「公王妃様……！」

フレアが救いの手を見つけたように明るい表情を浮かべた。公王妃もフレアににこりとほほ笑む。

「あのね、今日はきちんと公家だけでの参加と伝えたわよね？　特に家族でない親族がいきなりきて『どんなやつか見てやる！』って言うのは図々しいわよ」

それに、と公王妃は続けた。

「あなた、自分のお母様が陛下の妹だから、ここへ顔パスで入れることを利用して来たでしょう。確かに親しい血族はそうしているけれど、来てはいけないときに来ていいわけじゃないわ。門番も止めるに止められなくて困ったんじゃないかしら。その制度を悪用するなら、いろいろ考え直さないと」

フレアの顔色がみるみる悪くなっていく。

「わ、わたくしそんなつもりは……」

「そんなつもりとか関係ないのよフレアちゃん。あなたももう子供とは言えない年齢に差し掛かってるのだから、きちんと物事を考えなさい」

ついにフレアは涙目になってしまった。

しかし、それでも最後、キッと私を睨みつけた。

「わたくしは認めませんからっ！」

そう言い残すとすごい速さで走り去ってしまった。

「知ってるか？　ああいうのを負け犬の遠吠えって言うんだぜ」

「空威張りとも言いますね」

「こら、二人とも」

公王妃様が二人を窘《たしな》め、ふぅ、とため息を吐いた。

「ごめんなさいね、アンジェリカさん。この通りうちは男ばかりだから、あの子のこと、小さい頃は娘みたいに接していて勘違いしちゃったのかしら。大きくなってからはきちんと距離をとって接してきたつもりなんだけど」

へっ、とアロイスが笑った。

「周りの親族がみんな男ってのも原因だろ。あいつ、いつもお姫様扱いだったじゃん」

クイッとドミニクがメガネを指で押し上げた。癖なのかもしれない。

「お姫様は身分の高い家に生まれた女性に当てはまるので間違いではありません。この場合は公女だと勘違いしているというほうが正しいです」

「うるさいな。言葉の綾だろ。お前そういうところが多方面から嫌われるんだよ」

「嫌われても研究に支障ありません」

「だから、そういうところが――」

二人がまた言い合いを始めてしまった。

だが、確かにリュスカの言う通り、そこまで仲の悪さは感じられない。きっとこれも彼らのコミュニケーションのひとつなのだろう。

パンパン、と手を叩く音が響き渡った。

公王だ。

「アクシデントもあったが、顔合わせは無事に終わった。そろそろ客人を労ってやらなければな」

「あら、そうでしたわね」

公王妃は公王に言われて、私たちに向き直った。

「長旅ご苦労さま。疲れたでしょう。部屋を用意しているからゆっくり休んでちょうだい。今日は食事も部屋に運ばせるわ。明日からは、たまにでいいから、アンジェリカさんは私たちと一緒に食事をしてくれると嬉しいんだけど」

「もちろんです」

大型船の旅は今までの船に比べたら快適であったが、疲れが溜まっているのも事実。今日一日ゆつくりさせてもらえるのはありがたい。

リュスカとの婚約に際してのあれこれは明日以降ということだろう。リュスカの家族と食事をするのは緊張するが、これも乗り越えるべき試練だと思い頑張ろう。

それに幸いリュスカの家族は、私を認めてくれているようだ。私もそれに応えたい。

「じゃあ今から案内させるわね。ハナいる？」

「はい」

いつ来たのか、使用人らしい人物がサッと現れた。

紫の髪を纏め、特徴的な赤い瞳をした女性だ。メイド服に身を包んだ彼女は人の良さそうな顔でにこにこしている。

「彼女について行ってちょうだい。よく休んでね」

「ありがとうございます」

私たちはリュスカの家族に頭を下げる。

「ではご案内いたしますので、私についてきてください」

ハナに促され、その場をあとにした。

彼女は広い宮殿の中を迷いなくスタスタと歩く。私はこの広すぎる宮殿の構造を覚えられるかハラハラしながらハナの後ろをついて歩いた。宮殿で迷子などなりたくない。

躊躇なく歩いていたハナは、ある場所でピタリと立ち止まった。

目的地に着いたようだ。

「こちらが賓客《ひんきゃく》用の部屋でございます。アーノルド様とデイジー様はこちらを一部屋ずつお使いください」

そう言ってハナが手で指示したところには扉が二つ。隣り合った部屋だった。

「と、隣……！」

アーノルドが顔を赤くして狼狽えた。

「……落ち着いてください、アーノルド陛下。同国から来た賓客が隣同士の部屋など、珍しくないというより当たり前です」

「わ、わかってるよ！　ちょっと動揺しただけだろ、ちょっとだけ！」

そう言っているが、デイジーと壁一つ隔てた部屋で過ごすことが落ち着かないようだ。

長年離宮に閉じ込められていたアーノルド。当然女性と知り合う機会などなく、デイジーが初めての恋——初恋だ。

そんな恋の仕方も知らない人間に、恋した相手とこんなに近距離でともに過ごしても平常心でいろというのも無理な話だ。

「お荷物のほうはすでに部屋に運ばれております。何か不足がありましたらなんなりとお申し付けください」

「わかった。ありがとう」

「ありがとうございます」

平静を保とうとするアーノルドと、そんなアーノルドに気付いていないデイジーがハナにお礼を言った。

「では次に行きましょう」

ハナはそのまま移動しようとする。

「あれ、私は？」

私はまだ部屋を案内されていない。さっき言ったように、同国の賓客は面倒がないように、一か所に固めて面倒を見るはずだ。だから、普通なら私も近くの部屋を借りるはずだ。

「アンジェリカ様はこちらではありません」

しかし、ハナにはっきり否定されてしまった。

「え……でも……」

なら私の部屋はどこだろうか。

ハナはわたしが戸惑っていることに気付いたのか、困ったような笑みを浮かべた。

「お部屋はちゃんと用意しておりますので、ご安心ください」

ハナが「ついてきてください」と促すので、私とリュスカもそれ以上何か言うのをやめてあとに続いた。

移動するとき、アーノルドが口をパクパクさせて何か言いたそうにしていたが、デイジーのことは本人で頑張ってもらおう。

むしろ、隣同士の部屋なら会話もしやすいだろう。この機会に距離を縮めていただきたい。

「こちらです」

案内されたのは、さっきの玉座の間からそう遠く離れていない部屋だった。

アーノルドたちの部屋も賓客用で美しい扉だったが、この目の前の扉も趣向を凝らしたまたとない逸品だった。

ハナが扉を静かに開ける。

「わあ！　すごい！」

部屋の中は実に豪華だった。輝くシャンデリア。淡い薄ピンクを基調とした壁紙。部屋の広さもさることながら、家具一つにしても高級品だと一目でわかる。机やソファーなどもなかなかお目にかかれない一級品だ。

壁紙やカーテンの色がピンクを基調としており、調度品も女性ものが多かった。つまり、ここは女性の部屋だ。

「アンジェリカ様のお部屋でございます」

案内されたときからそれはわかっていた。わかっていたが……。

「でもこの部屋って、玉座に近いでしょう？　本当にここでいいの？」

玉座の間は王が過ごす場所。その部屋付近には、その家族が住んでいるはずだ。

つまり、ここは公家のプライベートゾーンにあるのだ。

まだ結婚もしていない私が住んでいい場所ではない。

「はい。玉座に近い部屋でございます」

ハナはあっけらかんと答えた。

「公王様と公王妃様から、こちらをアンジェリカ様の部屋にするようにとのお達しです」

「公王様と公王妃様が？」

ということは間違いではないようだ。

「アンジェリカ様はもう公家の人間だから、それ相応のもてなしをするようにと言われております」

「私が、公家の？」

「はい。まだ婚約期間中でも、すでにリュスカ様と結婚されたと思ってお世話をさせていただきます」

私が家族の一員。

さっき一目会っただけなのに……いや、こうした準備は事前にされているものだから、きっと会う前から、この部屋を私に使うと決めていたのだろう。

「……ありがとう。ありがたく使わせていただくわ」

私をリュスカの婚約者だと、そんなに前から受け入れてくれて、喜びを隠せない。

私が少し笑みを浮かべたところで、ハナが笑顔で爆弾を落とした。

「お二人の部屋はこちらの扉で行き来できます」

「お二人の部屋？　行き来？」

どういうことだろうか。ここは一人部屋ではないのか。

私が胡乱《うろん》な視線を向けると、ハナより先にリュスカが動いた。

リュスカはハナが言っていた扉を開ける。

扉を開けたそこは、部屋の作りはこの部屋と同じだと思われる空間だった。

しかしカーテンや壁紙は白や青を基調としており、調度品なども、この女性ものばかりの部屋と違い、シンプルなものが多かった。

「ここが俺の部屋だ」

「え⁉」

ここがリュスカの部屋？

待って、今二つの部屋を隔てているのは、この扉だけ、ってこと……？

私は一気に顔が熱くなった。

リュスカと隣同士……どころか、いつでも相手に会いにいけるってこと⁉

「そそそそれはまだ早いんじゃないかしら！」

夫婦になったならまだしも、婚約段階で部屋を行き来するなど、私の国ではあり得ない話だ。

「今から公王妃様に言って……」

「アンジェリカ」

私が部屋を変えてもらおうと、公王妃のところに行こうとすると、リュスカが呼び止めた。

リュスカはそっと私の手を握った。

「アンジェリカは俺と部屋が繋がってるのは嫌？」

リュスカが綺麗な紺色の瞳で私を見つめる。

私はリュスカにこの瞳で見つめられて、拒否できたことがない。

そして改めて顔がいい!!

「い、嫌じゃない……けど」

「じゃあいいね、この部屋で」

「うっ……」

「アンジェリカ？」

リュスカが再度私を見つめる。

リュスカ、これは絶対わかってやってる！　私がこれに弱いのわかってやってる！

しかしそれを知ったからといって、私に抗う手段などないのである。

「わかった……！　わかったから……ッ！」

「ありがとうアンジェリカ」

うう、笑顔が眩しい。

リュスカには一生敵いそうにない。

「では、この部屋をお使いください。用があったらその紐を引いてお呼びください」

ハナが天井にぶら下がる紐を指さした。しかし、今まで静かにしていたアンがそれを見てフンッ、と鼻を鳴らした。

「私がいるからその必要はありません」

「アン？」

アンが妙な対抗心を燃やしている。

ハナはそんなアンを気にせず、気分を害した様子もなく笑みを浮かべている。

「そうですか。かしこまりました。ではアンジェリカ様のお世話はアンさんがやるということで、あとで宮殿内の仕事場など案内させていただきますね」

「……お願いいたします」

こればかりは教わるしかないと思ったのか、素直に頷いたが、アンは最後までハナを威嚇《いかく》していた。

ハナは睨みつけられているのにずっと笑みを浮かべていた。

「では、私はアーノルド陛下たちの様子を見てまいります。ゆっくりおくつろぎください」

ハナがそう告げて去っていった。

するとアンがクルリと私を振り向く。

「お嬢様。お嬢様には私がいるので浮気はダメですよ」

「浮気って……」

「お嬢様には私だけ、私にはお嬢様だけ。はい、復唱しましょう」

「絶対嫌」

アンはどうやら私に他の人がつくのが嫌なようだ。実家ではアンがべったり張り付いているので他の使用人の出る幕はなかった。

しかしここではそうも言っていられない。リュスカと結婚したら今より人の手が必要だ。だからアンも他の人を受け入れてほしいが、とてもそんなことを許すようには見えない。

「このアン、お嬢様が死ぬまでお供します」

「決意が重いわね……」

うっかり私が先に死んだら後を追って来そうだ。長生きしよう。

「それから、リュスカ様」

アンがリュスカを見た。

「私の目の黒いうちは、お嬢様に不埒なことはさせません」

「ふ、不埒って……！」

なんてことを言い出すのだアンは！

「リュスカがそんなこと考えているわけないでしょう⁉　ね、リュスカ⁉」

私はリュスカに訊ねたが、リュスカは答えずただ笑みを浮かべただけだった。

どうして答えてくれないの⁉　やましいことなんて何もないわよね、リュスカ⁉

「お嬢様、お気をつけください。こういう爽やかさを装った人間が実は一番むっつりなんです」

「むっつり」

思わず繰り返してしまった。

「いいですか、リュスカ様。お嬢様に手を出すのは結婚後です。それまでは耐えてください」

「……」

「わかりましたね？」

「……」

リュスカが笑みを携えて答えないので、アンがため息を吐いて、仕方ないという様子で別の提案をした。

「結婚したら止めないので、好きなだけお嬢様を好きにしてくださっていいですよ」

「わかった、約束を守ろう」

即答だった。

「リュスカ……？」

私がリュスカに胡乱な目を向けるも、リュスカはそんなことに気付いていないかのように涼し気な表情を浮かべていた。

「お嬢様、わかりましたか？　こういう人間ほど羊の皮を被ってるんですよ」

「……」

リュスカに限ってそんなはずはないと思いつつも疑ってしまう。

リュスカを窺い見ると、どういう感情かわからない表情を浮かべていた。

わからない。今何を考えているのか。

むっつりじゃない。むっつりじゃないわよね？　リュスカ。

「――と、このようにお嬢様は大変純粋で騙されやすいのでご注意ください」

「よくわかった」

リュスカが深く頷いた。

「待って！　今の嘘だったの⁉」

「さあ、どうだろう」

リュスカにさらりと躱されて、どちらなのかわからない。

混乱している私を見て、二人は面白がるでもなく、真剣な様子で話し始めた。

「ここまで純粋だといろいろ不安だな……」

「お嬢様はハッキリと敵意があるとわかる人間からの罠などには反撃できるんですがね。いい顔した悪人とかは見破れない可能性がありますす」

「わかった。留意しておく」

私は自分のことを、察しのいい騙されにくい人間だと思っていたけれど、二人から見ると違うみたいだ。勘違いしていて恥ずかしい。

ちょっとこれからは意識して騙されないように注意しないと。

「お話は終わりましたか？」

突然割り込んだ声にハッとしてそちらを見ると、ハナが笑顔で立っていた。いつの間に戻ってきていたのだろう。

「ごめんなさい。気付かずこちらで盛り上がってしまって……」

「お気になさらず。皆様はゲストなのですから、私より皆様の会話をご優先ください」

にこにこしながら告げるその様子に、私は思わず口にした。

「会ったときから思っていたけど、あなたアンに似てるわよね。物事に動じないところとか」

お互いの表情は正反対だが、淡々とした反応はよく似ている。

ピタッとアンの動きが固まった。

「似てる……？」

アンがハナの顔を見る。

「お嬢様」

「何？」

アンが真剣な目をする。

「まさかこの者を私の代わりにするつもりじゃ？」

「はい？」

「見た目可愛くて仕事のできる人間は探せばいくらでもいるでしょう。でもその中でも可愛くて美人で賢くて性格が良くてお嬢様大好きな人間は私だけですよ？」

「アン、前から思っていたけどちょっと自信過剰よね」

「自分に自信のない気弱な人間よりいいですよね」

胸を張って言われてしまった。その通りである。

「アンは誰の代わりにもならないわ。結婚してもこのまま私についてほしいと思ってる」

「お嬢様……！」

アンが感動で声を詰まらせた。

「私はこの命ある限りお嬢様に尽くす所存です！　最後まで使い尽くしてくださいませ！」

「いや、そこまでの心構えでなくていいんだけど……」

「死ぬまで！　離れません！」

「そう……」

嬉しいけどちょっと重い。嬉しいんだけど……。

「というわけで、そこのあなた！」

アンがビシッとハナを指差した。

「あなたの出番はほとんどないですから」

アンの挑発にも乗らず、ハナは頷いた。

「はい。それでは必要なときだけお呼びください。アンさんはまだ他の使用人の方と顔見知りになっていないので、トラブル防止のため本日は私が食事を運ばせていただきます。では」

ハナはアンの訳のわからない挑発にも乗らず、ぺこりと頭を下げて部屋を出ていった。

「……」

「……」

「……なんでしょう、この戦わずして負けた感じは……」

「アン……彼女はあなたと違って私に仕えたいとかではなく、命じられて私たちの世話をしているだけだから……」

「お嬢様を見たらみんな仕えたくなるはずなのに……?」

「それはあなただけだと思うわ……」

アンは悔しいのかなんなのかわからない表情をしていた。

リュスカはそんな私たちの間に入った。

「今日は疲れただろう？　ゆっくり休んでくれ。部屋には入ったりしないから安心していい。今日はな」

「今日は⁉」

別の日は部屋に入ってくるってこと⁉

戸惑う私に、リュスカが笑う。

「冗談だ。結婚までそういうことはしない」

リュスカの言葉にほっと肩をなでおろす。本気にするからからかわないでほしい。

「アンがいても、この国のことはまだよくわからないだろう？　困ったら遠慮なくハナを呼んでくれ」

「わかりました」

アンが無表情ながらムッとするのがわかった。

「すぐにこの国のことを覚えます」

「アン、張り合わないの」

さっきまで悔しがってたのにすぐ復活する。アンのいいところだ。

「じゃあおやすみ」

「おやすみなさい」

リュスカと別れ、ソファーに座る。

「ふう」

ちょっとしたアクシデントもあったが、無事顔合わせも終わった。リュスカの家族も好意的で、これならなんとかやっていけそうだ。
私はお風呂に入り、ご飯を食べて、ベッドに入る。
今日のことを振り返りながら、眠りについた。

次の日に大きな爆弾を落とされるとは知らずに。

第二章　公太子妃になる

それはぐっすり眠った次の日の朝食でのことだった。

「公太子妃……ですか？」

私は平静を装いながら訊ねた。

公王妃はにこにこ笑いながら答えた。

「ええ。リュスカを正式に公太子にしようと思うの」

公王妃がアロイスとドミニクを見る。

「昨日でわかると思うけど、この子たちは公太子に向いていないの。アロイスは騎士になりたいそうだし、ドミニクは研究をしたい。……リュスカも公太子になりたいと積極的に言うタイプではないけれど、この中なら誰よりもうまく国を導いてくれると思うの」

アロイスとドミニクも頷いた。

「俺は臣籍降下して早く騎士になりたい」

「同じく。私は研究を続けます」

アロイスとドミニクも主張する。

「だから今日から妃教育を受けてほしいの」

昨日の話から公太子妃になるかもしれないと覚悟はしていたが、実際に言われると動揺してしまう。

私にこの大国の公太子妃が務まるだろうか。

黙ってしまった私に公王妃が慌てたように付け加えた。

「ああ。でもそんなに難しく考えなくていいからね。アンジェリカさんはクレイン王国ですでに王太子妃教育を済ませているでしょう？　あそこはここと大きな文化の違いはないから、ほぼ終わってると思っていいと思うわ」

「そうなんですか……？」

「ええ、だから復習する程度だと思っておいてね」

公王妃の言葉にほっとする。オーガストと結婚もしなかったし、必要なかったと思っていた王太子妃教育も、役に立ちそうだ。

「あ、でもこちらでも新たに学んでほしいことはあるわね」

「新たに学んでほしいこと？」

なんだろうか。

緊張する私に、公王妃は笑みを崩さない。

「この国の歴史や文化ね。やっぱりこれは国ごとに違うから、うちの国のこともしっかりと覚えておいてほしいのよ」

歴史と文化！

確かにそれはその国ごとに違う。スコレット公国については、とても大きな大国で、前にリュスカが言っていたスコーレットが作った国ということぐらいしかわからない。

「この国の歴史は面白いわよ。魔女を倒してできた国だからね」

魔女。

かつてこの世界に存在した、七人の魔女。

彼女たちはかつてその力でこの世界を恐怖のどん底に落としたと言われている。

なぜ『言われている』と言ったかというと、クレイン王国では魔女のことは、歴史を誇張したおとぎ話だと思われていたからだ。

しかし、それがおとぎ話でないということを、私はすでに知っている。

なぜなら実際に魔女と対面したからだ。

ベラ。

彼女は色欲の魔女だった。

一部の人間を除き、男性はみんな彼女に夢中になった。彼女の術に嵌らない者も、相手の精神を壊すことで言うことを聞かせることもできた。

改めて考えても恐ろしい力だ。国ひとつ簡単に蹂躙されてしまう。

もしかしたら、ベラのような存在は他にもいるかもしれない。

「かつての遺品とかもあるから、なかなか飽きないで勉強できるんじゃないかしら?」

スコーレットの遺品。

きっとリュスカがベラとの対決で使った道具のようなものだろう。

そういえばリュスカはいくつか似たようなものが残ってると言っていた。

もしかして実物を見ることができるのだろうか。

私はワクワクしてきた。

私がスコレット公国についてあまり知らなかったことといい、スコレット公国としても、歴史や道具についてはあまり公表していないのだろう。

つまり、とてつもなく貴重な機会だということだ。

「どうかしら？　やってくれるかしら？」

公王妃に言葉に返す言葉は決まっていた。

「もちろんです。やらせてください」

◇◇◇

「ええ〜！　スコーレットの遺品とか見れるんですか⁉　いいなあアンジェリカさん」

デイジーに事の顚末を説明すると、とても羨ましがられた。

「どんな風に作ってるんですかね？　はぁ。私も見れたらインスピレーションになりそうなのに」

さすが商会の娘。常に新しい商品はないか考えている。

しかし残念ながらこれに関しては見せることができないだろう。

私は話を切り替えることにした。

「それより船はどう？」

デイジーは元々商会で新たに作った大型船を売り込みにきたはずだ。

私の言葉にデイジーはふふふ、と不敵な笑みを浮かべた。

「とても反応がいいです。契約までもう少し、というところですね！」

嬉しそうな表情で近況を報告してくれる。

「今回豪華客船に乗ってきたので、その説明をしていますが、近日中に完成した庶民向け客船と、運送用の船もこちらに来る手筈です」

デイジーは商会の仕事に誇りを持っているのだろう。仕事について話すときの彼女は、生き生きとしている。

もしアーノルドと結ばれたとしても、デイジーが仕事を続けられたら嬉しいけれど、難しいだろうか。

今まで妃が他に仕事をしていることなどなかった。世界的にもそれが一般的であろう。

でもあのアーノルドのことだ。常識に囚われず、柔軟に対応してくれることを信じよう。

むしろ彼がデイジーの悲しむことをすることが想像できない。

アーノルドがオーガストと決定的に違うのは、彼が善人なことだ。

王としてそれもどうかと思うが、私はそんな王もいいと思う。

「うまくいくといいわね」

「ありがとうございます！　必ず成功させてみせます！」

デイジーのやる気にほっこりしてしまう。

「アーノルド陛下はもう挨拶も終わったけど、まだ公国にいていいんですか？」

「え、俺だけ帰れって？　アンジェリカさん冷たい……」

「いえ、そうではなく……」

言い方が悪かったと思い言い直そうとしたが、アーノルドに制された。

「冗談冗談。わかってるって。まだ王になったばかりなのにこんなに長い間国を空けて大丈夫かって心配してくれてるんでしょ？」

その通りだ。まだアーノルドは王になりたて。

前の王もオーガストも、牢に入れられたとはいえ、存命であるし、オーガストを国王としたかった派閥の人間が何か仕掛けてこないとも限らない。そしてそうするには、今は絶好の機会である。

「ベルラン公爵が大丈夫だって言ってくれたんだ」

「お父様が？」

父は今アーノルドを支え、彼の右腕として動いている。

「ここまで休みなく勢いできちゃったからね。顔見せ以外に、王としての心構えとかも、教えてもらってこいって言ってもらってるんだ」

父なら確かに言いそうだ。

「だから、もうしばらくはお世話になろうと思う」

「こんな機会もうないですものね」

それができるのは、王になりたての今だけだ。

「いっぱい学べるといいですね」

「ああ。町とかも見ておこうと思う」

アーノルドは楽しそうだ。

「というわけで、私たちもまだまだしばらくここで御厄介になるということで、ハナが専属メイドとしてついていてくれるようです」

部屋の隅にいたハナが頭を下げた。

昨日アンが私のことは断ってしまったからどうなったかと思ったけれど、彼女は正式に二人の専属世話係をすることに決まったようだ。

そうなると忙しくて、私のほうまで面倒見る余裕はなくなるだろう。アンが喜びそうだ。

「私はアンがいてくれるから問題ないので、二人にしっかりついていてくれるかしら？」

「かしこまりました」

ハナが笑顔で頷いた。

「アンジェリカ」

リュスカが私を呼んだ。幾分か気落ちした表情で私に頭を下げた。

「急に公太子妃になることになって、ごめん。アンジェリカ」

「リュスカ」

リュスカが困った様子で語り出す。

「兄たちはあの通り、政《まつりごと》に興味がないから……俺がなるのが国のためには一番いいと……こちらの都合ですまない」

謝るリュスカを私は止めた。

「事情があるんだから、いいのよ」

「だが、ただの公子に嫁ぐのと、公太子妃とは、雲泥の差があるだろう？」

心配そうなリュスカに私は笑う。

「リュスカが公太子になる可能性は事前に説明してくれてたじゃない。私はもともと王太子妃になろうとしていたのよ。大丈夫、国の上に立つ覚悟ならあるわ」

「アンジェリカ……ありがとう」

リュスカが私の手を握る。私の気持ちが嘘でないことが伝わったようだ。

「無理しないようにしてくれ。何かあったらすぐに相談してほしい」

「わかった。リュスカも頑張ってね。公太子教育があるんでしょう？」

リュスカもともと内定していたわけではない。急に決まったことであるから、リュスカも私と同じように公太子教育があるはずだ。

「ああ。でも前々から俺になるんじゃないかと言われていたから、ある程度はしていたんだ。ただ、やっぱり仕上げ作業的な部分を学ばないといけない」

「そうなのね」

リュスカが頷いた。

「ああ。兄たちがあんな感じだからな……」

リュスカが遠い目をした。

私はリュスカの兄たちを思い出す。はっきりものを申しすぎるアロイス。人との対話が得意でなさそうなドミニク。

確かにどちらも王に向いていない。

そもそも本人たちが他にやりたいことがある。

「結構な自由人だったわね……」

「幼い頃からあの性格なんだ……」

リュスカとともに私も遠い目をしてしまった。

あの性格で、幼い頃からリュスカを振り回していることが容易に想像できてしまった。

「リュスカも大変ね……」

「悪い人たちではないんだがな……」

とにかく、私もリュスカも、アーノルドもデイジーも、それぞれが忙しく過ごすことになりそうだ。

「みんな頑張りましょうね」

私が言うと、みんな頷いた。

◇◇◇

とは言うものの、私の教育係の手配がまだ出来ていないらしい。

「ちょっと高齢の方でね。でも一番優秀で一番信頼できる方なの。ちょっとこちらに向かう途中馬車の故障があったらしくて、少し到着が遅れるらしいわ。本当はすぐにでも開始できるようにと思っていたのにごめんなさいね」

「いえ、仕方のないことですから」

故障を予知することなど不可能なのだから、公王妃は何も悪くない。

むしろ公太子妃になるための気持ちの整理などできてありがたい。

「到着したらすぐに教えるから、それまでのんびり過ごしていてね」

「ありがとうございます」

公王妃と別れて私はふう、と息を吐いた。

さて、時間ができてしまった。どうしようか。

「……宮殿散策しよう」

ここにはこのまま住むのだ。宮殿内を把握しないと不便である。

私は「広いからね。私も初め覚えるの大変だったわ～」と公王妃から言われて渡された地図を片手に散策することにした。

まず近い厨房から。

「こんにちは」

「こんにち……？　――わ！　もしかして公太子妃様では⁉」

厨房に顔を出すと、中にいた料理人が驚いた声を出した。

どうやら私が公太子妃になるというのは、みんなが知っていることのようだ。

「こ、こんな暑くるしいところに何の用ですか？」

オロオロしながら何か仕出かしてないかと不安になっていることが窺えた。

「ただ挨拶に来ただけよ。いつもおいしいご飯をありがとう」

初めの印象が大切だ。

ここで悪い印象を与えたら、使用人の間でずっとそう噂されるだろう。これから公太子妃となるのだ。それは避けなければいけない。

「ひえっ！　滅相もない！　光栄でございます」

照れたような料理人の反応に、私は好感を持ってもらうことに成功したことがわかりほっとする。

いい印象を持ってもらおうとしたが、言葉に嘘はない。毎食とても美味しくて、ここの料理人には感謝していたのだ。

「本当においしいわ。次の食事も楽しみ」

心を込めて言うと、料理人はじーんと感動した様子で、涙を流してしまった。

そして涙を拭いながら言う。

「あ、ありがとうございます。いつも批判ばかりだったから」

「批判⁉　誰が⁉」

どちらかというと朗らかな公家の人達でそんなことを言う人がいるのだろうか。

「いえ、あの……」

料理人は言いにくそうにしていたが、ついに口を開いた。

「フレア様が……」

フレア！

私は昨日のワガママな彼女を思い出していた。確かに彼女なら有り得る。

「公王様には塩分が多すぎるや、公王妃様はこれはあまり好みではないなど言われまして……教えていただけるのはありがたいのですが、毎回言われると、ダメ出しをされていると感じてしまい……皆やる気をなくしてしまって……」

なんということだ。

指摘をすることは間違いではない。だが公家の使用人に、公家の人間でない者が物申すなど本来あってはいけないことだ。

このようなことをこの料理人たちが公家の人間に報告など、ささいなことだからと思いできないだろう。きっと公王妃も知らないに違いない。

「皆さんの作る食事は味はもちろんのこと、健康にも気を配っていることがわかって素晴らしかったわ。自信を持って」

「公太子妃様……」

私の言葉がよほど嬉しかったのか、料理人は再び瞳を潤ませた。

――フレア。また会ったらとっちめてやらなくちゃ。

「何か困ったことはない？　あったら教えてね」

好印象を持ってもらうことは大事であるが、これはそのためだけに聞いているのではない。

こうして使用人の声を聞き、管理するのも私の仕事だからだ。

「困ったことなんてまったく！　最高の職場で――あ」

料理人が困ったように眉を下げた。

「あの……ひとつ困ったことが……」

「何？」

料理人が調理場の奥を指さした。

「彼女なのですが……」

指の先を見るとそこには――アンがいた。

「お嬢様に最高の食事をお嬢様に最高の食事をお嬢様に最高の食事お嬢様に」

何か呪文を唱えてる。

「アン？」

「お嬢様！」

本当は声をかけたくなかったが、渋々声をかけると、アンは嬉しそうに声を弾ませた。

「何をしているの？」

「お嬢様のためにクレープを作っておりました」

クレープ！

「今できたところですのでどうぞ」

アンがさっと紙の巻かれたクレープを差し出してきた。

生クリームがたっぷり入ったイチゴのクレープ。私はごくりと唾を飲み込んでそれを受け取った。

手に伝わるクレープの感触に笑みが浮かぶ。私はそのままクレープに齧り付いた。

「……おいしい！」

「お口にあってよかったです」

アンも無表情ながら、嬉しそうにしていた。私は大好物のクレープが食べられて幸せな気分になった。

「あのー……」

声をかけられてハッとする。そうだった！　クレープを食べている場合ではなかった！

私はひとつ咳払いをしてアンに言った。

「アン。ちゃんと厨房を使う許可はもらったの？　理由は言った？　いきなり料理を始めたらみんな驚いちゃうわよ。ここはもうベルラン公爵家ではないんだから」

「今後は気をつけます」

アンは素直に頷いた。

「ごめんなさいね。私の専属メイドなの。これから顔を合わせることもあると思うから紹介するわね。アンよ」

「アンです。お嬢様に死ぬまで尽くす所存です。お嬢様の敵は蹴散らします。よろしくお願いいたします」

途中で物騒なこと挟んだな。

「なんだ、公太子妃様のメイドだったんですね」

料理人はほっとしていた。

「またフレア様が何かしてくるのかと思ってハラハラしてました……」

フレア、完全に彼らのトラウマになってる……。

これはあとで公王妃に報告しておこう。

「じゃあ失礼するわね」

私は挨拶をして、その場を去った。

後ろから「公太子妃様はクレープが好きなのか」「可愛いな」「可愛い」「食べた瞬間満面の笑みだったな」「可愛いな」「可愛い」「俺たちも作ろう」という声が聞こえてきたが、聞こえないフリをした。恥ずかしすぎる。

◇◇◇

宮殿散策も慣れてきた三日目。嵐は突然やってきた。

「どういうことですの⁉」

フレアだ。

あの散々責められた一件から見てなかったので、もうこちらにくる勇気もないかと思ったらそうではなかったらしい。強い。

「何が？」

とりあえず私に言いたいことがあるみたいなので訊ねる。

「わたくしが公王妃様に怒られたんですわよ⁉」

「それと私となんの関係が？」

「しればっくれないでくださいませ！　あなたのせいではありませんか！」

フレアが私に指を指した。

「わたくしが厨房に文句をつけていると告げ口しましたわね！」

なんだそのことか。

私はフレアの言いたいことがわかると同時に、この子の常識のなさが悲しくなった。

「あのね、それがどうして私のせいなわけ？」

「どうしてって……あなたが言ったからですわよ⁉」

「そもそもの前提が間違ってるでしょう？」

私は彼女でもわかるように掻い摘んで説明してあげた。

「まず第一に、あなたは侯爵家のお嬢様で、公家の食事に関してもの申す権限はないの。それなのに自分はその権利があると思って我が物顔で振る舞うから叱られたんでしょう？」

おそらく公王妃から同じことを言われているはずだ。

しかし、彼女は自分の非がわからないらしい。

「わたくしは、公家の皆様の娘も同然ですのよ⁉」

本気でそう思っているのだろう。自分は公家の一員だと。

しかし、そう思っているのは彼女一人だ。

「この間言われたばかりでしょう？　あくまであなたは親戚で、公家の一員にはできないと」

フレアがカアッと顔を赤くする。

「そんなのみんなが本当にそう思ってるわけありませんわ！　きっとあなたに遠慮したのです！」

彼女はあくまで認めないらしい。

幼い頃から公家でも実家の侯爵家でも可愛がられてきたのなら無理もないかもしれない。

だがもう彼女も分別が付けられる年齢だ。いつまでも自分の望むことだけを信じるのはよろしくない。

「私への遠慮だけで公王妃様があなたを怒ると思う？　もうあなたが小さい頃とは事情が違うのよ？　いい加減、周囲を見てみるといいわ」

フレアは唇を噛み締めた。

「絶対認めませんわ……」

フレアが私を睨み付ける。

「絶対追い出してあげますから……！」

低い声でそう言うと、去っていってしまった。

……嫁姑問題は問題なさそうなのに、まさかの似非《えせ》小姑がいるとは。

「これは面倒なことになりそうね……」

呟くと同時に肩を叩かれた。

振り返るとリュスカがいた。

「リュスカ」

「今フレアがいなかったか？」

リュスカが辺りをキョロキョロする。

「今来て去っていったわよ」

「悪いな。もう無断で来ないように言ってるんだが……門番たちも小さい時から来ていた子だから無下にできないようでな……」

リュスカも彼女に困っているようだ。

「昔はもう少し素直で可愛かったんだが……俺が留学している間にワガママが悪化している気がする」

今よりマシだったのだろうか。みんな可愛がっていたというから、本来の彼女はもう少し違ったのかもしれない。

「私への対抗意識から悪化したんだと思うわよ」

「アンジェリカに？　なぜ？」

リュスカが心底不思議そうな顔をしている。

「彼女、リュスカのことが好きなのよ」

リュスカが目を瞬いた。

「まさか」

「まさかのまさかよ。逆にあれだけわかりやすいのにどうして気付かないのよ」

鈍感さに呆れてしまう。少しフレアに同情した。

「うーん……でもあれは本気というか、自分のものが取られることに意地になってるように俺は思うんだ」

「え？」

自分のものが取られるように……？

「フレアにとって一緒に育って自分を可愛がってくれた俺たちは自分のものだという感覚なんだと思う」

「自分のもの……？」

私にはわからない感覚だ。ともに育ったと言っても自分のものと思うだろうか。

「自分だけは特別だ。その人たちに愛されてる。そう思っていたら、その中の一人が自分に見向きもしなくなって、違う人間に愛を捧げてる。それが気に入らないんだろう。――さすがにこの年で従姉妹が一番ということは他の兄弟たちもないだろうが、フレアにとってはそれまでは確かに自分が一番だったのに、という思いなんだろうな」

愛されすぎた故の感情なのだろうか。

フレアの気持ちはわからないが、小さい子供がおもちゃを取られて怒ってるようなものだろうか。

「フレアは確かに帰ったんだよな？」

「ええ」

「なら丁度よかった」

リュスカがにこりと笑う。

「ちょっと出かけよう、アンジェリカ」

◇◇◇

雑貨、果物屋、服屋、その他探し物が見つからないことがないのではないかと思えるほど多種多様な商店街。人が大勢いるが、整備させているおかげで通路の行き来は楽な作りの道。

「おお〜」

首都の街並みを見るのは二回目であるが、何度見ても感嘆の声が出てしまう。

「この間はアーノルドがああだったたから結局立ち寄れなかったたし、これからアンジェリカも妃教育が始まるからいつ一緒に出歩けるかもわからないだろう？」

リュスカの言う通りだ。今は講師がまだ来てないから時間の融通が利くが、本格的に妃教育が始まったらそんなゆとりはなくなるだろう。

「これからアンジェリカが俺と一緒に守る国だ。一度ちゃんと見てもらいたいと思っていたんだ」

「リュスカ……」

言葉の端々から、リュスカがこの国を大切に思い、誇りに思っていることがわかった。

国の上に立つというのに、その国について知らないなどおかしなことだ。歴史や文化以前に、実際に見て触れることも大切である。

「でも俺は顔が割れてるから」

「公子だものね」

きっとそのまま城下町を歩いたら、リュスカだとすぐにバレて、街を散策などできなくなってしまう。

そしてもちろん対策を講じていた。

「またこの格好をすることになるとはね……」

私は茶色のカツラと、茶色いカラーコンタクト。リュスカは赤色のカツラと、茶色いカラーコンタクト。

そう、私たちは学園でベラたちの動向を探るためにしたときの変装を再びしていた。

あのときは制服を着ていたが、今日は町娘スタイルだ。リュスカも町民の服装をしている。

「そういう格好も似合ってるよ」

「ありがとう。リュスカもすごく似合ってるわ」

いや、本当に似合いすぎている。

シンプルなシャツとズボンと腰紐だけなのに、なぜかリュスカが着ると一級品に見える。

髪や目の色は変えていても、リュスカの顔は変わらない。その端正な顔立ちは、平民スタイルになろうとまったく損なわれることはなかった。今日もリュスカは顔がいい。

そしてそう思っているのは私だけではなかった。

「ねえ、あの人かっこいいね」

「声掛けちゃう？」

リュスカを行き交う街の人々がチラチラ見てはヒソヒソ話をしていく。

そりゃこれだけ目立つイケメン、みんな見る。

このままじゃナンパ地獄に遭うし、最悪正体がバレてしまう。

「行きましょう」

私はリュスカの手を握って歩き出した。相手がいるとわかれば女性たちも無駄にアタックはしてこないはず。

――してこないはずだけど、恥ずかしい。自分からリュスカの手を握ってしまった。

私は飲食エリアに入ると、デザートのお店を見つけてそこに入った。

「二名様で――い、イケメン！」

店員がリュスカを見て驚きの声を上げる。わかる、思わず声に出るよね、イケメンすぎて。

しかし、店員はさすがプロ。すぐに気を取り直して席に案内してくれた。

「どれも美味しそう」

「食べられなかったら俺が食べるから、気にせず注文するといい」

「そんなこと言われると欲が出ちゃうわね……」

私は悩みながら、デザートを三つと飲み物を注文した。

しばらくすると注文したものが届く。

「わあ～」

春フルーツのタルト。いちごたっぷりパフェ。キウイのケーキ。

メニューに季節限定のものがおすすめと書いてあったので、春のフルーツのものを選んだ。

どれもとても美味しそうで涎が垂れそうだ。

「いただきます」

私はいちごパフェに手をつけた。

「ん～！」

いちごの芳香な香りが鼻を突き抜ける。口の中で溢れるいちごの酸味と甘み、そして生クリームが絶妙にマッチして病みつきになる。

文句なしにおいしい一品だ。

「おいしいか？」

「うん」

「アンジェリカはお菓子を作るのも食べるのも好きなんだな」

「ええ、そうなの」

甘いものは疲れを癒してくれるし、食べるとその味を真似したくなるし、趣味のお菓子作りにも活かせる。私はお菓子を食べるのも作るのも大好きだ。

そして、ふと、周りを見てはたと気づいた。

店内にいる女性は大体ケーキをひとつ頼んでいる。多くて二つ。

私は目の前のデザート三種を見る。

……もしかして、私、頼みすぎでは……？

前回のデートでも三種類頼んでしまったけれど、もしかして世間ではそんなに食べないの……？

妃教育とアホの尻拭いで忙しくて、そんなこと知らなかった。

私食べすぎ!?

「リ、リュスカ……」

「ん？」

「一つ食べる？」

私はリュスカにキウイのケーキを差し出した。とてもとても食べたいけど、ここは我慢だ。

「もうお腹いっぱいなのか？」

「そうじゃないけど……」

私が言い淀んでいると、リュスカがキウイケーキにフォークを刺し、こちらに差し出してきた。

「ほら、遠慮しないで」

「でも」

「俺はいっぱい食べるアンジェリカが好きだよ」

にこりとほほ笑まれて言われたら、もう変な恥は捨てるしかない。

私はリュスカの差し出したケーキを食べた。

「おいしい」

そう言うと、リュスカは満足そうに頷いた。

「俺の前ではありのままでいいよ」

「リュスカ……」

リュスカの言葉に感動している一方。

「私にもケーキ一つ、いや二つ！」

「私はこの桃のケーキ！」

「私はチーズケーキとショコラケーキ追加で！」

「た、ただいまー!!」

リュスカのセリフに感化された女性たちが一斉にケーキを頼み、店員がその対応に追われていた。

「すごくおいしかった」

「よかった」

私たちは店を出て商店街を再び歩いた。

今度は雑貨の通りだ。

「販売するものごとに店を一つの通りに集めるの、いい考えよね」

「ああ。客はどこに行ったら欲しいものが手に入るかすぐにわかるし、店側は隣の店に負けないようにサービスや商品開発などに力を入れるし、みんなにとっていいこと尽くしなんだ」

なるほど。ただ探しやすいだけでなく、店が発展していく速度も早まるということもあるのか。

「あーーー!!」

よく考えたものだなあ、と店先の雑貨を眺めていたら、大きな声が聞こえた。

声のほうを見ると、ローブを来た人間がいた。相手は私を指さしている。

「どうして……どうしてここにいるんですの！」

ローブのおかげで姿形は見えていないが、その声に聞き覚えがあった。

「フレア？」

私が呼びかけると、ローブの人物はフードを取った。

そこには眉を吊り上げたフレアがいた。

「どうしてあなたがお兄様といるんです⁉」

「いたらいけないの？」

婚約者同士なのだから何もおかしくない。

だかフレアは納得できないようだった。

「忙しいお兄様を無理やり連れ出すなんて……やっぱりこの人は思慮深さがないですわ！　お兄様、こんな人は放って私と行きましょう！」

フレアがリュスカの腕に抱きついた。フレアはふふんとこちらを勝ち誇った顔で見ている。リュスカが自分を選ぶに違いないと思っているのだろう。

しかし、リュスカはスッとフレアの手を解いた。

「お兄様？」

「フレア」

リュスカが低い声を出す。

「誘ったのは俺のほうだ」

「え？」

「思慮深さがないのは俺だ」

フレアが一気に冷や汗をかいた。

「い、いえ……お兄様に思慮深さがないなんて、そんなことないですわ！」

私への悪口だったはずなのに、ブーメランとなって何倍にもなって自分に跳ね返ってきた。これほど焦りと悔しさが出るものはない。

「フレア。アンジェリカを攻撃するのをやめてくれ」

リュスカが咎める。

「そ、そんなこと……」

「今確かにしようとしただろう？　そんなことをしても、俺は軽蔑しかしない」

フレアが俯いた。

「それでも……」

顔を上げる。

「それでもお兄様が戻ってくるのなら、絶対にやめませんわ！」

フレアは叫ぶと逃げるように走り去ってしまった。

私たちはその後ろ姿を見送る。

「ごめん、アンジェリカ……」

「リュスカのせいじゃないわ」

あれはリュスカがどう反応してもああいう結果になっていただろう。とにかく彼女は私を認めたくないのだ。

「庇ってくれてありがとう。嬉しかった」

「当たり前のことをしただけだ」

リュスカがフレアの去っていった方向を見た。

「自分の愛する人の悪口は聞き逃せない」

愛する人、という言葉に、私は頬をぽっと赤らめてしまう。

リュスカは思いをきちんと言葉にしてくれる。嬉しい。

私はリュスカを安心させるように手を握った。

「大丈夫！　私はやられたら倍にして返すから！」

私の言葉にリュスカはぷっと笑った。

「アンジェリカらしいな」

私たちは少し笑い合うと、再び街を散策して、家路に着いた。

第三章　フレアという子

「おやおや、これはまたお綺麗な女性で」

私の教育を担当してくれるのは優しそうなおばあさんと言える年齢の女性だった。

「私はネリーと言います。よろしくお願いいたします」

「お世話になります」

頭を下げると、ネリー先生は嬉しそうにほほ笑んだ。

「礼儀正しくて何よりです。今日はアンジェリカ様がどこまでできるか確認しておきたいと思います」

「わかりました」

ネリー先生は一通りの私の学力、語学、ダンス、社交マナーなど、一日がかりでチェックをした。

「素晴らしいです！」

ネリー先生が拍手をする。

「クレイン王国で妃教育はされていたと聞いておりましたが、それにしても素晴らしい！　ほぼ私から教えることがありませんね！」

「いえ、そんな……」

認められて嬉しいが恥ずかしい。

今までの妃教育の苦労が報われた気分だ。

「公太子妃にはあなたのような方が相応しいです」

「リュスカには今まで他に縁談が？」

まるで他にも候補がいたような言い方が少し気にかかった。

「何度かお見合い話はありましたが、リュスカ様はすべて断っておいででした。まだ留学も済ませていない半人前だからと」

そうだ。この国では公家の人間には留学する風習があると前にリュスカが言っていた。だからリュスカもクレイン王国に留学に来たのだ。

「そのお見合い候補の中に、フレア様もいましたね」

フレア、と聞いて私は身体を固くした。

『わたくしは認めませんからっ！』

初めて会った日のフレアの言葉が思い出される。

「あの……彼女ってここではどういう立ち位置なんですか？」

一度きちんと確認してみよう。公家の人でない方のほうが客観的に彼女について教えてくれるだろう。

「おや、フレア様にお会いに？」

会ったというか、乗り込んできたというか……。

「宣戦布告をされた……？」

「おやまあ、あの方らしい」

ネリー先生はその様子が想像できたのか、笑った。

「悪く思わないでくださいませね。あの方はまだ子供なんです」

「はあ」

私とそんなに歳が変わらないように見えたけど……。

「ちなみに彼女はいくつなんです？」

「十六歳ですね」

私と一つしか変わらないじゃないの！

なら私も子供と言えるじゃないか、と思うが別に私は子供扱いされたくないので言葉を飲み込んだ。

「フレア様は公王様の妹様の子供です。つまりリュスカ様とは従姉妹で、公族の血を引く人間です」

これはリュスカや公王妃が言っていたから知っている。

「父親はロッティーニ侯爵。厳格な方ですが、妻と娘には甘いのが玉に瑕です」

私の中で会ったこともないロッティーニ侯爵のイメージが、険しい表情で娘と妻を愛でる男に固定されてしまった。

「次のお子がなかなかできなくて、しばらく一人っ子状態だったんです。たった一人の娘。大切に育てられてきました。あ、フレア様が生まれてから十年後に弟君が生まれます」

ということは、フレアは跡取りではないということだ。

しかし、弟が産まれるまで十年あったということは、跡取りとなることも視野に育てられたに違いない。

「公家には女の子がおりませんので、唯一の親戚の女児ということで、みんなから可愛がられまして。それが『自分は特別』と彼女が勘違いする一因になったことは想像に難くないですね」

周りから大切にされ可愛がられたら、そうなるのも無理はない。

「手に入らないものなどないと、彼女は知らないのでしょう。とりわけ幼い頃からリュスカ様に執着しておりました。あの容姿に加え、性格も温厚ですから。夫にするには理想だったのでしょう」

その気持ちもわからないでもない。リュスカはとても魅力的だ。

とにかく顔がいい。すごくいい。この世で一番いい。

それに加えて頭もよく、優しくて、社会的地位もある。

誰もが一度は憧れる完璧な人間だ。

まあ実際は嫉妬したり人間らしいところもあるが、それすら魅力である。

「幼い頃から公家の人間の一員のようにこの宮殿の中を自由に行き来しておりました。公家のように、というより、その一員そのものだと思い込んでいる可能性もございます」

フレアの母親は降嫁しているので、公家からは外れている。当然その娘であるフレアも公家の人間ではない。しかし、今までの周囲からの対応で、それが理解できていないのかもしれない。

「だからアンジェリカ様を敵視しているのでしょうね」

「え？」

言葉にしていないのになぜわかったのだろうか。

私が驚いていると、ネリー先生はホッホッホッと笑った。

「年の功です。この歳になればアンジェリカ様も相手が何を考えているのかわかります」

本当だろうか。

おそらくネリー先生の特殊スキルだろうが、私は曖昧にほほ笑んでおいた。

「まあ、彼女の立ち位置はこのようなものです。そろそろ本人も――」

「あーーーーーーー!!」

宮殿の中で響き渡るほどの声量。

私は思わず耳を押さえて声の主を見る。

そこにいたのは話題の人物。フレア・ロッティーニだ。

「なんであなたが先生と一緒にいるんですの!?」

フレアが先生、とネリー先生を指さす。

「私の先生だからよ」

「はあ？　先生はわたくしの先生ですわ！」

フレアの言葉で、きっと彼女もネリー先生の教え子なのだと判断した。ネリー先生が彼女について詳しかったことも納得だ。

「あなたのような小国出身者が先生についてもらうなど図々しい。普通は遠慮するのではなくて？」

このスコレット公国と比べたら、クレイン王国が小国なのは事実だ。唯一バクス商会が他国から少し抜きん出ていること以外、パッとしない。だからスコレット公国の上位貴族として生きてきた彼女がクレイン王国をバカにしてしまうのもわからないでもない。しかし、それをその国出身者に言ってしまうことは愚かとしか言いようがない。

そして私は遠慮する立場でもない。

「リュスカの妻になるために必要なことだもの。それに、私からお願いしたわけでもないわ」

私が反論してくると思わなかったのか、フレアが悔しそうな表情を浮かべた。

「まだリュスカお兄様の妻になる気ですの？　図々しい考えだとわからないなんて、残念な頭ですわね」

「それはそっくりそのままお返しするわ」

ピクリ、とフレアの瞼が動いた。

「なんですって？」

「だってそうでしょう？　もう内定している従兄弟の婚約にケチをつけて、しかもその相手にこうして直接文句を言うだなんて、品がないと思わない？」

カァッとフレアの顔が赤くなった。

「あ、あなたごときが私に説教しようというのですか⁉」

「いいえ。事実を教えてあげているだけよ」

できる限り感情的にならずに、淡々と答えてあげる。

そうすると、余計に相手が悔しい思いをすると知っているからだ。

「リュスカお兄様と結婚するのはわたくしですわ！」

ムキになったフレアが反論してくる。

「あなたがそうしたいと思っているだけでしょう？　残念ながらリュスカは私にプロポーズしたのよ。あなたされたの？」

フレアが悔しそうに唇を噛んだ。

「……もの」

「え？」

声が小さすぎて聞こえなかった。

「……ですもの」

「え？」

やはり聞こえなかった。どうにか聞き取ろうとフレアに近付いた私に、フレアは今までで一番大きな声を出した。

「小さい頃、リュスカお兄様は結婚してくれるって言ったんですもの！ですもの、もの、もの、もの――……。

大きな声と、広い宮殿の室内効果で、フレアの声がエコーする。

少しの時間を置き、エコーが終わった頃、私はフレアに声をかけた。

「それは、無効じゃないかしら……」

いくつの頃の話か知らないが、小さい頃、と言うからには、それなりに幼い頃の話だろう。

そんな子供の口約束を有効にされたら、この世には大きな混乱が起きることは間違いない。

「そんなことないですもの！」

しかし、フレアは譲らない。

「リュスカお兄様はわたくしに『結婚しよう』と言ってくれたんです！　確かに言ったのだから、先に言われたわたくしが本当の婚約者ですわ！」

どうしてもリュスカを諦めたくないらしい。フレアのリュスカへの執着もなかなかのものだ。

リュスカは性格もいいし、何より顔がいい。顔が良すぎる。フレアがリュスカに惚れ込むのもわかる。

あの顔で性格がいいなど、もはや最強。

きっとフレアに結婚しようと言ったときのリュスカも、超絶美少年だったに違いない。いいな、私もリュスカの子供時代見たかった。

ちょっとフレアの気持ちに納得してしまったそのとき。

ガチャ、と部屋の扉が開いた。

そして開けた人物と目が合う。

「やっば。昼寝しようと思ったらこの部屋使ってるじゃん……あ、いや、いつも昼寝してるわけじゃないんだ、うん」

私がこの部屋にいると知らなかった様子のアロイスが、慌てたように言い訳をしている。

何をそんなに取り繕っているのだろうと思ったら、チラチラ、とネリー先生の顔色を窺っている。

ネリー先生は笑顔なのにアロイスに威圧を与えていた。

「アロイス様。公家の者は、いついかなるときでも落ち着くように教えたはずですが」

「い、いや……ごめんなさい」

「それから部屋に入るときは必ずノックをする。常識です」

「はい。すみません」

素直に謝罪したアロイス。この感じだと、アロイスの教育もネリー先生が請け負っていたのだろう。幼い頃から自分に教鞭を執っていた人間には逆らえないものだ。

「また一から教えた方がよさそうですね」

「ひえっ！　それは勘弁！　――ってあれ？」

アロイスが視線を別のところに向ける。

そう、フレアに。

「なんでフレアがここに？」

フレアがキッとアロイスを睨みつけた。

「わたくしがいたらいけませんの!?」

「いや、いけないっていうか、普通母上からあれだけ言われたら遠慮しないか？　そもそも客人を招いている宮殿になんて部外者が気軽に来ていいわけないだろ？」

アロイスがズバズバとみんながはっきり言えないことを言う。

この間も思ったが、アロイスは本音をすべて口にしてしまう性格のようだ。

なるほど。公王妃の言う通り、裏表ない性格と言ったら聞こえは良いが、確かに公太子には向かないな、と思った。

「部外者って！　わたくしは公族の一員で……！」

「いや、お前侯爵家の人間じゃん。確かに公族の血は流れてるけど、違う家系になるわけ。だから普通に考えて部外者」

公太子には向いてないが、アロイスの言いたいことをはっきり言い切る性格は気持ちいい。

「む、昔はわたくしのこと家族だとみんな言ってくれたのに……」

「そりゃ小さい子供なんて可愛いからみんなそう言うだろ。お前まだ立場とか理解できない小さな子供なの？　みんなにチヤホヤされる歳か？　違うだろ」

フレアは怒りか恥ずかしさか、再び顔を赤くした。

「でも！　リュスカお兄様が結婚してくれるって言ったのは本当ですもの！」

ムキになってフレアはアロイスに噛み付く。

「結婚？」

「小さい頃、結婚してくれるって確かに言いましたもの！」

小さい頃、とアロイスが記憶を探る。そして「ああ」と思い至ったらしく、手をポンと打ち鳴らした。

その様子に、フレアは自分の記憶が正しいと自信を持ったようだった。

「ほら、アロイスお兄様も覚えて……」

「お前が俺たち全員と結婚できないと嫌だと泣き叫んだときの話か？」

「……え？」

フレアがキョトンとする。

「結婚って制度を知ったお前が俺たちと結婚したいって言ってさ。『みんな一緒じゃなきゃいや～！』って泣き叫んで俺とドミニクは面倒だからすぐ同意したけど、リュスカだけは頑なでさ。ほら、あいつ真面目だから」

幼い頃から真面目だったらしい。リュスカらしくてほほ笑ましくなった。

「でもあんまりにフレアが泣き叫ぶから『お互い相手がいなくて気持ちが通じあってたら結婚してもいい』って言ったんだぞ」

「え」

聞いてきた話と少し違う。

私はフレアを見ると、フレアはダラダラと汗をかき始めた。

「そ、そんなことない……リュスカお兄様がそう言った証拠はありますの⁉」

「お前みんながいる前で泣き叫んだんだぞ。父上も母上も、お前の両親もたぶん覚えてると思うけど……信じられないなら母上呼ぶか？」

「よ、呼ばなくていいですわ！」

慌ててフレアがアロイスを止める。

公王妃が来たら、この場に勝手に来たフレアを叱るだろうし、真実を聞かされてしまったらショックすぎるだろう。

昔の記憶というのは美化してしまうものだ。幼ければ尚のこと。

フレアも自分の思い違いに気付いたのか、先程の勢いがなくなった。

そんなフレアに、アロイスが気付いた。

「あ、お前もしかしてリュスカが自分にプロポーズしたと思ったのか？　都合のいいように記憶捏造するなよな」

フレアがふるふる震える。

「ま、どうしてもって言うなら俺が……」

「アロイスお兄様のバカーーーーー‼」

フレアは大声で叫ぶと、脱兎のごとくその場を走り去った。

残された私たちはポカンとその後ろ姿を見送るしかなかった。

「……俺、また何かやらかした？」

「……アロイス様には女心も教える必要がありそうですね」

ネリー先生が深くため息を吐いた。

◇◇◇

フレアは全力で走りながら泣いていた。

——お兄様たち酷い！

宮殿のお気に入りの中庭で、フレアは立ち止まり、そしてその場に座り込んだ。

「酷すぎますわぁ〜〜!!」

フレアは大声で泣いた。


小さい頃から世界の中心は自分だった。

大国スコレット公国のお姫様。

正確には侯爵家の姫だったけど、スコレット公国の公族に自分の他に女児はいない。だから、自分がこの国の一番高貴なお姫様だという自負があった。

実際、とても大切にされてきた。

欲しいものはなんでも手に入ったし、みんな自分の機嫌を取ってくれた。

間違いなく自分が世界で一番幸せな女の子だった。


「なのに」

フレアは中庭にある小さな湖に映る自分を見た。

泣き腫らした可哀想な目。それでも可愛い顔。そう、自分は世界で一番可愛いはず。だってみんなそう言ってくれていた。『世界一可愛いフレア』と。

そんな自分にこんな顔をさせる人間がいるなんて！

「許せない！　アンジェリカ！」

自分は高貴な女性で愛されるべき存在なのに。

「……フレア様？」

そのとき。

フレアのそばに人が来た。

振り返ると、今まで何度も顔を合わせた宮殿の使用人だった。

「どうされたのですか？」

使用人の女性は心配そうにフレアに近付いた。

この女性以外にも、この宮殿の人々はフレアに親切だ。

この宮殿にはしょっちゅう来ていたからみんな顔なじみだし、フレアを公家の一員として見てくれている。

そうだ。この宮殿においては、自分のほうが立場が上だ。

いくらリュスカがアンジェリカを想おうと、今までの時間の積み重ねがある。フレアのほうがここでは偉いのだ。

「実は……」

フレアは精一杯悲しみの表情を浮かべた。

「リュスカお兄様の婚約者が……わたくしに酷いことを言うのです……」

嘘ではない。フレアがリュスカを好きなことを知っているはずなのに、リュスカに愛されていることを告げてくるアンジェリカは酷い。

リュスカを諦めてくれないのもずるい。小国出身のくせに態度がでかいことも、自分のことを敬わないことも気に入らない。

「まあ！　フレア様にそんなことを……!?」

アンジェリカよりフレア寄りの使用人が、フレアを心配する表情を浮かべた。それを見てフレアは内心ほくそ笑んだ。

——ほら、みんなわたくしの味方ですのよ。

「きっとお兄様は騙されているのです……このままではこの国も危ういですわ……」

しくしくと泣きながらフレアは訴えた。自分の涙に価値があることを知っている。だからここぞというときにはしっかり流さなければならない。

「あんな性根の腐った人間が公太子妃になるなんて……恐ろしくて……」

フレアは怯えに満ちた顔で使用人に告げた。

「わたくし、これでは何かされるのではないかと怖くて、ここに来ることもできなくなってしまいますわ……」

「そんな！　フレア様は公子様たちと兄妹のように育った方です！　後から来た人間のためにフレア様が来られなくなるなんて……そんなの間違ってます！」

そう、フレアはずっとここで過ごしてきた。それこそ公家の家族の一員のように。

「フレア様」

使用人が覚悟を決めた表情でフレアを見た。

「私にお任せください」

——ほら、みんなわたくしのために動いてくれる。

「ありがとう」

わたくしはただ笑っていればいい。

第四章　嫌がらせ

「ということがあったんだけど」

私は今日あったことをリュスカに話していた。

話を聞いたリュスカは、その様子を想像したのか、あはは、と声を出して笑った。

「アロイス兄上は気兼ねしないという意味では付き合いやすい人なんだけどなぁ」

「いい人よね。ちょっとズバズバ言いすぎだけど」

「それが玉に瑕なんだよな」

聞いていて気持ちいいぐらいだったが、言われたほうはたまったものじゃないだろう。

「フレアも困ったものだな。迷惑を掛けてすまない、アンジェリカ」

「リュスカのせいじゃないでしょ？」

むしろ幼い頃からの誠実な人柄が知れてよかった。

ちなみに今は私の部屋で話している。部屋が繋がっているというのはこういうとき便利である。

私もリュスカも忙しいし、公家の人間とリュスカ抜きで食事をするのは気兼ねするだろうし、妃教育が忙しくて大変だろうという配慮から、リュスカがいるときだけ一緒に食事をすることになった。

そしてお互い忙しく、ともに食事を取れずに今に至る。

「リュスカはどうだったの？　大変？」

大国の公太子というのは、クレイン王国の王太子教育よりやることが多いだろう。

「こっちはまあ……ある程度は予想して対策してきたし、問題ない。それよりアンジェリカのほうがいきなり公太子妃になるということで、大変だろう？」

「そうでもないわ。今まで無駄だと思って学んできたものが活かせてよかった」

あのバカ元婚約者のバカのせいで普通より多くのことを学んでいてよかった。おかげでそこまで苦労しなくて済みそうだ。

「それでも大変なことに変わりないだろう？　無理しないようにしてくれ」

「リュスカ……」

こちらを心配してくれている様子にジーンとする。

リュスカが私を思ってくれているのがこういうとき実感できる。

「アンジェリカ……」

「リュスカ……」

私とリュスカが近付いたそのとき。

パンパンパン！　と手を打ち鳴らす音が聞こえた。

アンだった。

「イチャつき禁止！　まったく……油断も隙もあったものではないですね」

アンが私とリュスカの間に入りプリプリする。

「私の目の黒いうちはお嬢様に手を出させませんと申し上げたでしょう」

「わかったわかった」

リュスカがあっさり引き下がる。

「結婚さえしたら認めてくれるらしいからな。それまで我慢するよ」

「当然です」

アンの許容できるイチャイチャは結婚してるかどうかで変わるらしい。

「それよりフレアだが」

リュスカが話を戻した。

「たぶんまだ俺のことを諦めていないと思うから、気をつけてほしい」

「そうね。相当リュスカが好きみたい」

リュスカは魅力的だ。気持ちはわかる。

でもリュスカを譲る気はない。

「何かされたら遠慮なく反撃していい。すまない、困った従姉妹で」

リュスカが困った様子でため息を吐いた。

「俺が常にそばにいられたらいいんだが、今はそうもいかなくてな……」

リュスカは公太子教育で忙しい。常にそばにいるなど無理な話だ。

「大丈夫！　私はやられっぱなしの性格ではないから！」

やられたらやられた分やり返す。それが私だ。

フレアが何をしてくるかわからないが、向こうが仕掛けてくるというのなら容赦はしない。

私はフレアの攻撃に備え、思考を巡らせながら眠りについた。

◇◇◇

朝起きて目に入ったのは、アンの無表情でありながらも機嫌の悪そうな顔だった。

「ど、どうしたの？」

「どうしたもこうしたもありませんよ」

ムッスーとしたままアンが答えた。

「朝の洗顔用のお湯を貰いに行ったら、今日は手違いで用意できなかったと」

「え⁉　じゃあ今日の洗顔は……」

冷たい水になってしまうのだろうか、と少し不安になった。まだ夏には少し早く、朝は少し冷える。できれば水は避けたい。

「まさか！　私がそんなことを許すわけないじゃないですか！」

しかし、すぐにアンがその不安を消してくれた。

「なぜお湯が用意できないのかきちんと答えが出るまで問い詰めて、用意させましたとも。最後は泣いてましたが自業自得です」

「アン、ほどほどにね……あなたもここで働くんだから……」

私がこの国に住むとなれば、アンも一緒に移住し、そしてアンはこの城で私のメイドとして働くことになるのだ。

だから、今この城で働いている使用人たちには嫌われないほうが、アンが生きやすいはずだ。

「お嬢様が快適に暮らすのが最優先事項であり、それを叶わなくさせる相手に敬意など必要ありません」

「アン……友達できないわよ？」

「友達などいりません。お嬢様がいれば」

突然の不意打ちに胸を射抜かれた。

「アン……」

「でもお嬢様は私より顔がいい男性がお好きなようですので」

アンが拗ねた声で言った。

「そ、そんなことないわよ!?」

「本当ですか？」

アンがじっと私を見つめる。

「じゃあリュスカ様の肖像画があったら」

「買う」

食い気味に答えた。

それは買う。絶対買う。間違いなく買う。

即答した私を、アンが恨めしそうな目で見てきた。

「ほら、やはり私よりイケメンを選ぶんです」

「いや、リュスカは顔だけでなく、性格もよくて……」

「惚気。唐突の惚気」

アンが胡乱な目を向ける。

「いいですよ。お嬢様の幸せは私の幸せ」

ふう、とアンが深いため息を吐いた。

「でもちょっと気に食わないので殴り込みに行きます」

「アン⁉」

私はこの部屋とリュスカの部屋と繋がっている扉にズイズイ進むアンを止めようと肩に手を置いたが、ズリズリ引きずられていった。

そうだった、アンは力持ち！

「アン、ちょっと！」

「大丈夫です。ちょっと『娘さんを僕にください』イベント発生させるだけです。くださいと頭を下げさせます」

「それ大丈夫⁉」

そもそも私アンの娘じゃないけど⁉　それ私の父がやるやつでは⁉　肝心の父はリュスカとの婚約大喜びだったけど⁉

私の力ではアンを止められず、ついにアンは扉に手をかけ――。

コンコンコン。

丁寧に扉をノックした。

殴り込みみたいな勢いだったのに律儀。

「はい」

部屋の中からリュスカが返事をした。

「アンです。お話したいことがございます」

一瞬の間のあと、扉が開いた。

「アン？　アンジェリカじゃなくて？　珍しいな、どうかしたのか？」

アンが自らリュスカに声をかけることなど今までなかった。リュスカは戸惑いつつ、扉から顔を出す。

シャツのボタンが締め切っておらず、おそらく身支度中にアンが呼んだのだろう。悪いことをした。

「ごめんなさい。なんでもない――」

「お嬢様のどのあたりが好きなのか、はっきり聞いておきたく存じます」

アンがはっきりした口調で訊ねた。

え⁉　『娘さんを僕にください』イベントって言ってなかった⁉　そのイベントにそんな問いかけあるもんだっけ⁉

「え？」

「きっちり、はっきり、答えていただきたいと思います」

遠慮を知らないアンがグイグイ訊ねる。

リュスカは戸惑っていたが、やがて口を開いた。

「可愛いところと、綺麗なところ。それから物事をはっきり言うところと、泣き寝入りしないところ。賢いところに、努力家なところ。お菓子作りが好きなところ。あと——」

「も、もう大丈夫！」

私は慌てて止めに入った。

これ以上聞いたら心臓が死ぬ。

「ほら、アン。もう満足でしょう？」

「いいえ。一番大事なことが残っています」

一番大事……ってまさか。

「アンジェリカ様がほしかったら、私に『娘さんをください』と言ってください」

言った。本当に言った……。

リュスカは戸惑いを隠せていない。

「ア、アンジェリカを俺にください……？」

アンがリュスカを一瞥《いちべつ》する。

「お嬢様をしっかり守ることを誓いますか？」

「誓います」

今度は即答だった。トキメキに胸を躍らせていると、アンが満足そうに口を開いた。

「では、まずお嬢様の洗顔はお湯を用意していただけますように」

「何……？」

リュスカが戸惑った表情を浮かべる。

「本日どういうわけか、アンジェリカ様のお湯が用意されていませんでした。次期公太子妃であるというのに、ありえないことです」

リュスカがスッと表情を変えた。

「それは本当か？」

「もちろんです。懇々《こんこん》と説教して最終的には用意させましたが」

じろりとアンがリュスカを睨む。

「今後はこのようなことがないようにお願いいたします」

アン……リュスカにも怒ってたのね……。

「わかった。申し訳ない。すぐに調べよう」

リュスカが私を見た。

「アンジェリカ、すまない」

そう言って、私たちに向けて頭を下げた。

「リュスカのせいじゃないわ。見ず知らずの人間がいきなり来て公太子妃になると言われても、みんなすんなりは納得しないわよ」

私の言葉に、リュスカは首を横に振った。

「いいや、それじゃダメだ。この宮殿で働く人間は、公家に忠誠を誓わなければいけない。だから、これから公太子妃になるアンジェリカに対して、そんなことをするのは許されない」

リュスカが服のボタンをすべて留めた。

「昨日まではそんなことはなかったのだから、原因を調べてみる」

「忙しいのにそんなことまでしなくても……」

リュスカも今とても忙しいはずだ。こんな小さなことで時間を取らせるなど気兼ねしてしまう。

「ここで放置したらあとあと大きな問題となってしまう。悪い芽は早めに摘んでしまったほうがいい」

「でも……」

「小さなことでも放置していたら、また面倒なことに巻き込まれるかもしれないぞ」

「面倒なこと……」

「例えば、オーガストたちのような」

リュスカの言葉で、私はオーガストとベラを思い出した。私があれこれと忙しくしている間にいつの間にかベラに心奪われ、私に罪を着せてこようとした。その方法は稚拙《ちせつ》で愚かだったけれど、こちらに精神的苦痛を与えたのは間違いない。

ベラのおかげでいろいろなところに問題が発生して、それを元通りにするのは骨の折れる作業だった。学園の生徒の婚約関係に関しては、結構な数が元通りにはならなかったし。

ああ……元気だろうか。名前を忘れてしまったけれど、A君B君C君。強く生きていてくれるといい。

オーガストとベラの問題は、確かに私がオーガストの行動に目を瞑《つむ》りすぎて起こったことでもある。

いや、でも目を瞑っていなかったらオーガストと結婚させられていた可能性が高いから、結果オーライだ。

まあ、それはそれ。これはこれ。問題ごとに巻き込まれるなど二度と御免である。

「確かにそうね。リュスカ、お願いしてもいいかしら？」

「もちろん。何かわかったら報告する。じゃあ悪いが今日はもう先に行くな」

「うん。行ってらっしゃい」

私はリュスカに手を振って、扉を閉めた。

「……今のちょっと新婚さんっぽくなかった？」

「お嬢様。結婚はまだです」

私が少し浮かれると、アンが冷静に突っ込んだ。

わかっている。ただそういう気分になったという話だ。浮かれて何が悪い。

少し拗ねた気持ちになって唇を尖らせた。

「お嬢様、そんなに浮ついた気持ちでどうするのです」

「何か問題でも？」

アンがわかってないな、という様子で深くため息を吐いた。勿体ぶった態度に少しイラっとする
……。

「いいですか、お嬢様。今お嬢様に好感を抱いていない人間が、使用人の中に少なくとも一人はいるんですよ」

「あ」

そうか。お湯が用意されていなかったということはそういうことだ。

そんなこと、誰かが意図的に行わないと起こるはずがないミスだ。

「お湯がないと言い張ったメイドか。もしくは他にお湯を捨てた犯人がいるのか。もしくはメイド

たち複数人での行動か……何もわかっていません。お気をつけください」

詳細が不明。これほど用心しなければいけないものはない。

もしかしたらまた服屋のときのように、複数人に襲われるかもしれない。

「わかったわ」

私はあのときの恐怖を思い出しながら頷いた。

あのときは運がよかったのだ。一歩間違えば死んでいた。

理性をなくした人間など、そうそういないと思うが、用心するに越したことはない。

「とりあえず、冷めないうちに顔を洗いましょう。せっかく持ってきたのですから」

アンに同意して、私は顔を洗った。アンのおかげで温かいお湯で気持ちよく洗顔できた。

さあ、今日も一日頑張らないと。

◇◇◇

「では本日は七人の魔女についてです」

私はワクワクしていた。

七人の魔女。私のいたクレイン王国ではただの伝承だろうと思われていたが、ベラの一件で本当に存在したということが判明した。

魔女が本当にいると思っていなかったし、魔女について私は詳しくない。

魔女について詳しいのは、魔女を退治したことでできたこの国ぐらいかもしれない。ほとんどの国がおとぎ話だと思っている。

つまりこれは大変貴重な授業なのだ。

「アンジェリカ様は魔女に興味がおありのようですね」

ネリー先生が穏やかな声音で言った。

「はい。……いえ、前までは空想上の存在だと思っていたので、実は興味を持ったことはなかったのですが」

正直に告げた私に、ネリー先生がほほ笑んだ。

「それはそうでしょう。誰もがそう思っていたと思います。まさか魔女が実在するだなんて」

「この国の人もそうだったんですか⁉」

てっきりこの国の人は魔女の存在を信じているのだと思っていた。

「ほとんどの人間が伝承のものと思っていたと思います。この国ができたのも、もう何百年も前の話。当時を知る人間なんて、もうとっくに天に召されていますし、国の成り立ちについての箔付けかとみんな思っていたでしょうね」

「そうなんですね……」

確かにその当時は真実でも、数百年も経つと真実かどうかなど、わからない。

「アンジェリカ様は魔女についてどれぐらいお知りですか?」

「ええっと……七人いたということぐらいしか……」

まったくの無知で恥ずかしい。

「恥ずかしがることはないですよ。みんなそんなものでしょう」

恥じている私に、ネリー先生がフォローしてくれる。

出会ったときから思ってるが、ネリー先生はとてもいい人である。

「ありがとうございます」

「どういたしまして。では七人の魔女の基礎からお話しますね」

ネリー先生が私にもわかるよう簡単に説明してくれた。

「魔女は全部で七人。傲慢の魔女。強欲の魔女。嫉妬の魔女。憤怒の魔女。暴食の魔女。怠惰の魔女。――そして最後が色欲の魔女。彼女についてはもう知っていますね?」

「あ、はい!」

色欲の魔女――ベラのことだ。

正確には色欲の魔女の末裔だった。

しかし、魔女の力を引き継いでおり、その力で男子生徒を魅了し、無関係な人間を巻き込み、国を乗っ取ろうとした。いや、彼女の本当の目的は、自分が私より上になることだった。

そんな自己中心的な理由で国を荒らすなど、私には理解できない。しかし、それが魔女なのかもしれない。

「魔女はそれぞれ違う力を持っていました。残念ながら、その力の詳細については、長い年月の間になくなってしまいましたが……」

「そうなんですね」

少し残念だ。

だが年月が経つと消えてしまう情報があるのは仕方がない。私たちがスコーレットの話を想像上のものであると思っていたのも月日の経過によるものだろう。そして、当時を知らない人々の認識が、『その歴史は誇張されている』であったのなら、本当のことだと思わなかった人々によって、歴史は保存されない。

「しかし、魔女たちはその名に因んだ力を持っていたと言われています。事実、色欲の魔女は、異性を惑わせる力を持っていた」

ネリー先生の言う通りだ。ベラは異性を惑わせることを主にした力だった。

「他の魔女たちもそうした力だったようです。今となっては名前から想像するしかありませんが」

魔女の力の詳細を知れないのは残念だ。だが、こればかりは仕方ない。

「しかし、スコーレットの遺品は実在します」

私はリュスカがベラに嵌めた腕輪を思い出した。

「魔女に有効だというものですね？」

「そうです。アンジェリカ様は見たことがおありなのですね」

「リュスカが魔女を摑まえるのに使っていました」

スコーレットの遺品の腕輪を付けたら、ベラは魔女の力が使えなくなった。どういう仕組かはわからないが、スコーレットがかつて魔女たちを倒すために作ったものらしい。

ネリー先生がゆっくりと頷いた。

「スコーレットの遺品も、今までは本当に魔女に効くとは思われていませんでした。しかしリュスカ様の行動で、スコーレットの遺品は本物で、魔女に対して本当に有効であることがわかりました」

そこまで言うと、座りながら授業をしていたネリー先生が立ち上がった。

「ネリー先生？」

「ここからは聞くより見るが早し」

ネリー先生がお茶目にウィンクした。

◇◇◇

「わあ〜！　すごい！」

そこには数多くのスコーレットの遺品があった。私は興奮を隠せないまま大きな声を出した。

もう誰も作り出すことができない、貴重なもの。それが今私の目の前にある。

「私がこの部屋に入っていいんですか？」

「ええ。公王陛下からも許可をいただきました。むしろぜひ見せてあげてほしいと仰ってましたよ」

本当に部外者の私が見ていいのだろうか？

見られるのは嬉しいが、国の大事なものを見る不安もある。

「結婚したら、ここはあなたも管理する場所になりますからね」

そうだ。初代公王スコーレットの遺品。その時代から大切に残してきたものを、これからは、私も公家の一員として、一緒に守らなければいけないんだ。

スコーレットの遺品に興奮し、お客様気分でいた自分を恥じ、自分はこれから公太子妃となりこの国の上に立つことを意識した。

身を引き締めてネリー先生の解説を聞く。

「これが魔女の魔法を封じるもので、これが魔女の……」

ネリー先生が楽しそうに説明してくれる。

ここにあるものはどれも大昔のものとは思えないほど綺麗で壊れなどなく、それがスコーレットの力なのかどうかはわからないが、ただその子孫たちが大切に管理してきたことは伝わってきた。

「あくまでどういった道具なのかを伝え聞いているだけなので、本当かは試してみないとわからないですけどね」

「無事に作用した結果、これに助けられました」

私はガラスケースに入れられている腕輪を見た。魔女の力を封じる腕輪。本人に近付いてつけなければいけない難点があるが、それでもこれほど魔女に有効な道具を生み出すとは、スコーレットはすごい。

スコーレットの遺品のおかげで、ベラを捕らえることができた。ベラの力が通じないリュスカがいるとしても、他の人間が魅了されてしまったら、多勢に無勢で勝つのは難しかったかもしれない。

すべてこのスコーレットの遺品のおかげだ。

「きちんとこれが正真正銘魔女に効果があることが証明できましたね」

「ええ。新たに作り出せないものですから、大切にしないとですね」

私とネリー先生が話しながら遺品たちを見ていると——。

「あれ。アンジェリカもいたのか」

リュスカが現れた。

その後ろにアーノルドとデイジーもいる。

「リュスカ。どうしたの？」

「アーノルドに宮殿を案内してあげるように言われたんだ。クレイン王国は魔女の被害にあっているから、まあ今後とも仲良くしようね、ってことで特別にここも見せることになってね。本来一般人は入れないけど、デイジーは何か商会の新商品の発想の肥やしになれば、と許可が出たんだ」

公王は太っ腹である。他国の王族だったら絶対に見せないだろう。状況を説明するリュスカの後ろで、アーノルドとデイジーがキラキラと瞳を輝かせていた。

「わわわわ私が入って本当によかったんでしょうか⁉」

「父上から許可もらってるから問題ないよ」

アワアワするデイジーにリュスカが安心させるように語り掛けた。

「ありがとうございます！　より良いものを提供できるように、しっかり観察させていただきます！」

デイジーが「あのデザインは画期的」「こうした性能のものがあれば……」とブツブツ呟きながら食い入るように遺品を見ていた。

「うわぁー、すごいなぁ。これがスコーレットの遺品かぁ」

アーノルドがじっと遺品を見つめる。

「ねえこれ一つ貰っちゃ……」

「ダメだ」

リュスカに却下され、アーノルドが「だよねぇ」と言いながら諦めきれない様子で遺品を切なげに見ていた。

「でもさあ、ベラって生きてるじゃん？　もし脱走とかしたらどうする？　ねえ怖くない？　だからいざというときのためにください」

「ダメだ。そのときになったら助けに行ってやる」

「やだ……男前……ときめくからやめて」

アーノルドが渋々諦めたようで、遺品から距離を取った。

「いいなぁスコレット公国はこういうのあって。うちは魔女に対抗する手段ないもんなぁ」

「わからないぞ」

リュスカの言葉に一同で首を傾げた。

「どういうこと？」

アーノルドが訊ねる。

「クレイン王国も古い国だ。魔女の被害にも遭っていたし、何かしらあるかもしれない」

「何かしら……」

アーノルドが考えた。

「……うちってさぁ、言い伝えが本当なら、魔女に国乗っ取られていた時代があるんだよね」

間をおいてアーノルドが口を開いた。

「……何かって魔女の遺品じゃないよね？」

リュスカが意味深長に笑みを浮かべた。

「待って怖い怖い怖い魔女の遺品とか何起こるかわからないじゃん国に被害を齎《もたら》す系の可能性ある

じゃん怖い怖い怖い！」

早口で怯えるアーノルドに、リュスカが優しく笑みを向け続けた。

アーノルドで遊んでるなぁ……。

私はネリー先生から教えてもらいながら。アーノルドはリュスカにからかわれながら。デイジーは仕事にどう活かすか考えながら。

それぞれスコーレットの遺品を堪能した。

◇◇◇

――は、いいけど、実は地味な嫌がらせがまだ続いている。

「お嬢様、お風呂の準備が今日はできないそうです」

「えっ」

まさかの言葉に素の声が出た。

「お湯の準備ができていないそうです」

「また⁉」

朝もそれを理由にお湯で洗顔ができないと言われた。アンのおかげでできたけれど。

しかし今回は洗顔ではない。お風呂だ。

「それは困るわ！」

顔を水で洗うのは我慢できても、さすがにお風呂は水では入れない。風邪をひく。

だがお風呂に入らないというのも難しい。貴族は身だしなみに気を配らなければならない。とくに私はリュスカの婚約者で次期公太子妃だ。身体を綺麗にしないなどありえない。リュスカの品位が問われてしまう。

「これではっきりしましたね」

「え？」

困っている私をよそに、アンは何かに気付いたようだった。

「お嬢様の邪魔をしている人間が、お湯管理をしている部署にいるんですよ」

「あ……」

朝の嫌がらせの理由も『お湯がない』。今のお風呂に入れない理由も『お湯がない』。

確かにお湯を管理している人間が私を嫌っているのは間違いない。

「それからおやつも傷んでいるものを出したやつもいますし、シーツ交換をしなかったやつもいますし、掃除したふりをしてわざと汚したやつもいますし、お嬢様の食事だけ肉のランクを下げたやつもいます」

「そんなに⁉　というかいつの間に⁉」

お湯以外気付いていなかった。

「私はできるメイドですので」

アンがすべて私が気付く前になんとかしてくれたようだ。さすがアン。

「とにかく思ったより多くの人間が絡んでいそうですね」

「そうね」

そんなに多くの人間に恨まれる謂れはないはずなのだが、ただ他国の人間ということだけで嫌な人間もいるのだろう。理由などその人間でないとわからないが、私が嫌われて嫌がらせをされているということは事実だ。

「とりあえず、今日のお風呂をどうするかよね…………最悪水で我慢して……」

「そんなことさせるわけないじゃないですか」

アンに否定された。

「大事なお嬢様を！　水風呂だなんて！　そんな苦行させるわけないじゃないですか！」

「でもじゃあどうしたら」

「大丈夫です」

アンが拳を掲げた。

「ちょっと話し合いをしてきました。拳で」

私は思わずアンの拳を凝視した。

「拳で？」

「拳で」

アンが頷いた。

部屋から出ていくアンを見ながら、「どうしてアンは話し合いではなく拳で解決するんだろう……」と思った。

◇◇◇

「無事お湯を確保しましたので、存分に疲れを取ってください」

「アン……嬉しいけど危ないことをしちゃダメよ」

これではアンも恨みを買ってしまう。

「なんて優しいお嬢様……でも安心してください。私はやられる前にやる派です」

不安しかない。

「本当に無茶しちゃダメよ。自分にも、相手にも」

「善処いたします」

これは善処しないやつだわ。

説得は諦めて、私はお風呂に入ることにした。

アンのおかげで温かなお湯に身体を浸けた私は、ふう、と息を吐いた。

「これはこれから面倒なことになりそうね」

◇◇◇

「今日もなのね……」

私はうんざりした表情で洗顔用のお湯を眺めた。

もう早二週間ほど、この状況が続いていた。

「もちろん拳で黙らせましたが、いいかげん腹が立ちますね」

アンが静かに怒っていた。

「だいたい、リュスカ様は何をしているのです？　いいかげん犯人全員を吊るし上げてもいい頃でしょうに」

「遅くて申し訳ない」

アンが苛立ちを露わにしているところにリュスカが現れた。部屋に繋がる扉から入ってきたようだ。

「近いうちになんとかするからあと少しだけ待ってほしい」

リュスカの言葉に私は頷いた。

「私から何かしないほうがいいのね？　わかったわ」

「ありがとう。もうすぐだから待っててくれ」

私から働きかけることもできる。犯人を自力で捕まえられるかもしれない。だけど、リュスカはきっと他に考えていることがあるのだ。

ここはリュスカに任せてみよう。

「こんな小さな嫌がらせ、オーガストと婚約していたときに比べたらなんてことないわ」

「オーガスト……」

リュスカが遠い目をした。

「あのアホ……じゃなかった、彼はいろいろやらかしてそうだものな……」

「ええ……本当に……苦労しかなかったわ……」

バカをやらかしては私に尻拭いをさせ。自分をちやほやする人間の言葉しか聞かず。嫌がらせもされたしオーガストが出す不利益を被りまくっていた。

今のなんと安寧なこと。オーガストと婚約していた頃と比べたら、この程度の嫌がらせなど蟻に突かれたぐらいのものでしかない。

「私はいいけど、なるべく早めに解決してほしいわ」

私は私の後ろに視線を向けた。

「アンの我慢の限界が来てしまうから……」

「ああ……」

静かに怒るアンに、リュスカも少し引いていた。

◇◇◇

「あら、ごきげんよう」

会いたくない人物に会ってしまった。

「ごきげんよう」

しかしそんな気持ちはおくびにも出さず私は笑みを浮かべた。

そんな私を嫌そうにフレアは見てきた。

「まだリュスカお兄様の婚約者を続けておりましたのね。面の皮の厚いこと」

「あなたの面の皮に比べたら負けるわ」

ムッとフレアが私を睨みつける。

「どういうことですの？」

「あれだけみんなからいろいろ言われたのに、まだ宮殿に足を運ぶことができるなんて、見上げた根性だなと思っただけよ」

フレアが悔しそうに唇を噛む。

「あんなのみんな本心ではございませんわ！　あなたがいたから体面上そう言っただけです！」

「そうかしら？　とてもそうは聞こえなかったけど」

みんな本心から言っていそうだった。特にアロイスは本心以外口にしなそうだ。

「そうに決まっていますわ。だってわたくしはみんなに家族として愛されていますもの」

「まあ、親戚としては受け入れられているとは思うわよ」

決して公家の人間であると勘違いするんじゃないということを遠回しに言ったが、フレアには通じなかったようだ。

「そうですわ。わたくしは公族唯一の女児。愛されて当然ですもの」

すごい自信だ。

「大事なことだから教えておきたいんだけど、その愛されて当然という認識は捨てたほうがいいわよ」

「え？」

「愛されて当然なのは小さな子供だけ。大きくなっても愛してくれるのは、親か本当の家族だけ。それを子供の頃の感覚のままでいったら、みんなから爪弾きされるわよ」

フレアが鼻で笑った。

「ご忠告どうもありがとうございます。でもそれは愛されない人間の言うことで、わたくしには当てはまりませんわ」

「……ああ、そう」

自信満々なフレアに、何を言っても無駄だと判断して私はそれ以上言うのをやめた。

今まで本当に愛情いっぱいで育ったに違いない。でなければここまで自信過剰には成長しない。愛されることは本来悪いことではないはずだが、彼女の場合、あまり良くない方向に作用してしまったようだった。

「偉そうにできるのも今のうちですわよ。今に泣いて国に逃げ帰ることになりますわ」

「そちらもご忠告どうもありがとう」

私はそっけなく返す。

「で、それだけ？　私に嫌味を言うためにわざわざ来たの？」

「な……別にそのために来たわけじゃ……暇だっただけですわ！」

「暇って……」

私は呆れた視線を向けた。

「あなた仮にも侯爵家のお嬢様でしょう？　やるべきことが他にあるのでは？　勉強にしろ、慈善活動にしろ、家の手伝いにしろ……やることは多くあるはずだけど」

貴族令嬢というと、ただお茶会に参加したり、優雅に過ごしていると思われがちだが、意外とやるべきことは多くある。勉強はもちろんのこと、家業を手伝ったり、社交で繋がりを作ったり……婚約者がいれば、相手の家との繋がりも大切にしなければならない。

だから私は至って当たり前のことを言っただけだ。

「はい？　なぜわたくしがそんなことをしなければいけないのです？」

フレアは心底わからないという表情を浮かべた。

「え？　本気で言ってるの……？」

「本気も何も……だってわたくし、ロッティーニ侯爵が娘、フレアでしてよ？　この国で公王妃様とお母様の次に地位が高い女性です。そのわたくしが、なぜやりたくないことをやらなければいけないの？」

「…………」

思わず絶句した。

甘やかされて育てられたのだろうとは思っていた。言動も性格も、今まで叱られずにいた子供のようだったからだ。しかし、まさかここまでとは思わなかった。どこをどうしたらこういう風になってしまうのか。

失礼だが、生まれて初めて親の顔が見てみたいと思った。いや、やはり見たくない。見たらその頬を引っ叩いてしまいそうだ。

「……あなた、公王妃様が何もしていないと思っているの？」

「え？」

「高貴な公王妃様が、毎日暇して遊んで暮らしているように見えてるの？」

「…………」

今度はフレアが黙り込んだ。

さすがに頭が軽そうなフレアでも、公王妃がそうでないことぐらいわかるだろう。

「公王妃様は毎日公務に執務に社交に大忙しだわ。休んでいる暇なんてないはず。それに、国の上に立つ人間として、日々勉強も絶やしていないはずよ。この国で一番高貴な女性である、公王妃様がよ？」

「………………」

公王妃がこうして働いているのだから、彼女のこの国で三番目に偉い女性だから何もしないという主張は通用しない。

「……わたくしの代で変わるもの」

「はい？」

言いたいことがわからず訊き返した。

「わたくしが公太子妃になるときには、公太子妃の仕事をしなくてよくなりますもの！」

……はい？

「な、なんで？」

あまりに頓珍漢なことを言うので、どうやったらそういう思考回路になったのか知りたくなった。

「わたくし、『何もしなくていい。欲しいものは全部あげるし、したいことだけしたらいい』と言われて育ちましたわ。お父様もわたくしが笑うだけで価値があると仰いましたもの。わたくしの仕事はにこやかにほほ笑んでいることですわ」

なるほど、おそらくこのお父様が原因だな。

彼女の人格形成に大きな影響を与えているフレアのご両親を恨んだ。こんなモンスターを世に放たないでほしい。そしてやはり一度その頬を引っ叩かせてほしい。

子供を溺愛するのはいいが、きちんと人としての生き方を指し示す必要が、親にはあるはずだ。ただ可愛がるだけならペットと同じ。しかし彼女は人間だ。いくら可愛かろうと、現実を教えていかなければならない。子供はいつまでも子供のままでいられないのだから。

「あなた、親の言うことをすべて真に受けているの？」

「いけませんの？」

「いけないわね」

私ははっきり言った。

「あなたがただほほ笑んでいるだけでいいと言って甘やかせてくれるのはご両親だけよ。ただニコニコ笑っているだけなら誰にでもできる。逆にそれしかできない人間を、国の上に立たせるわけにはいかない。リュスカと婚約話が進まなかったのは、そのあたりに問題があると思われたからじゃないかしら？」

リュスカの話を出されたからか、フレアが顔を赤くした。

「わたくしを馬鹿にするのですか!?」

「真実を告げているだけよ」

実際はお飾りの妃と結婚する人間もいる。政略結婚が原因だったり、王が優秀だから王妃に仕事がなかったり……理由は様々だが、ないわけではない。

しかし、リュスカはそうした考えを持たないはずだ。

リュスカは私に自分の意思をはっきり持った強い女性が好きなんだと言った。それはつまり、人に寄り掛かることを前提とした生き方をするフレアは、そもそも彼の好みの女性ではない。だから選ばれなかったのだ。

「それからさっきから『そうやって育ってきた』だの言い訳がましく言っているけど、あなた、確かもう十六歳よね？　確かに子供とも言える年齢ではあるでしょうけれど、もう親に言われたことを鵜呑みにするほど、幼くもないはず」

私と一つしか年齢は変わらないはずだが、彼女の思考はあまりに幼い。彼女自身の気質と、外的要因によってそうなってしまったのだろう。

「あなた、このままずっと『何もできない可愛い娘ちゃん』でいるつもりなの？」

怒っていた彼女が、呆然としている。

怒りすぎてそうなっているのか、自分なりに思い当たることがあるのか。

それは定かではないが、私から言えるのはただひとつ。

「自分の頭で考えなさい」

私の言葉を彼女がどう捉えたかわからないが、彼女がしばらく沈黙したあと、その場をあとにした。

私は彼女の後ろ姿を見ながら深いため息を吐く。

なぜ甘やかす親は、子供が生きていけるようにする術を教えてあげないのだろう。

オーガストもフレアも、甘やかされ叱られたことのない彼らたちは、自分のことしか考えられない、短絡的な人間になってしまった。

自分たちのほうが老いて先に死んで、一生面倒を見てあげられるわけでもないのに、子供のそれからについて考えていないとしか思えない。

「……フレアはまだやり直せる」

オーガストはダメだった。芯根が腐りすぎていた。

だがフレアはいい意味でも悪い意味でも真っ白に思える。

「どうか」

どうか彼女が自分を変えられますように。

そう心の中で祈って、私もその場をあとにした。

◇◇◇

ズンズンズンズンと足を踏み鳴らしながら、フレアは歩いていた。

一度ならず二度までも、自分の生き方を否定された。

悔しい。

悔しい悔しい悔しい！

「なんなんですの！　あの女！」

自分の触れてほしくない部分にずかずか踏み込んでくる。

「わたくしをあんな風に言うなんて信じられないですわ……！」

フレアは父と母が大好きだ。

いつもフレアに優しく、フレアを愛してくれる。

そんな彼らを、アンジェリカは否定した。

「まだ会ったこともないはずなのに……」

いない彼らを否定している。

フレアはギリギリと唇を噛み締めた。そしてその怒りは、アンジェリカだけでなく、今待ち合わせた相手にも向けられた。

「そもそも、あなたたちのせいではございませんか？」

フレアは茂みにいるはずの人物たちに向けて呟いた。

フレアの言葉に反応するかのように、一人の使用人が茂みから出てきた。以前フレアに、「悪くない」と言っていた使用人だ。

フレアからきつい視線を向けられた使用人は、ビクリと身体を震わせた。

「も、申し訳ございません……！」

慌てて使用人が頭を下げる。

「アンジェリカを追い出せるんじゃなかったんですの？」

「そ、そのはずだったんですが……」

使用人のアイデアは完璧だった。フレアに対して好感を持っている使用人に、アンジェリカの悪い噂を流し、自分たちの味方になるように差し向けた。そしてアンジェリカが逃げ帰りたくなるように、様々な妨害を行った。

しかし、アンジェリカ――正確にはアンジェリカについているメイドは、大人しくされるままではいなかった。

お風呂のお湯を用意できないと言えば、「じゃあ何がなんでも用意してください」と拳を握り、洗濯ができていなければ担当者の頭に拳を落とし「綺麗になるまで逃がさない」と脅し……とにかくメイドが強すぎた。

「あのアンというメイドがいなければ……」

そうすれば、味方のいない異国の地で孤立するはずだった。あのメイドさえいなければ。

しかし、フレアは使用人を一瞥した。

「言い訳は結構ですわ」

ピシャリと言い放つ。

「もう生ぬるいことは言っていられません。あなたのやり方は優しすぎましたわ」

「え？」

フレアが使用人の顎に手をかけた。

「もう何をしてもかまいません。強制的に婚約破棄になるように仕組んでくださいませ」

「何をしてもと言いますと……」

フレアは躊躇わず口にした。

「身体に一生残る傷を負わせましょう」

悪いことを言っているなど微塵も考えていない無邪気な笑みでフレアが言った。

「人からされる嫌がらせ程度ではあの女はなんとも思わないんです。ならば、もう直接攻撃するしかない」

ごくり、と使用人が唾を飲み込んだ。

「身体に傷がある女など、リュスカお兄様も嫌になるはず。そうなればきっとわたくしを選んでくださいます」

フレアは泣きながら帰国するアンジェリカと、そんなアンジェリカに見向きもしなくなったリュスカを想像した。

アンジェリカは確かに美人だ。フレアのほうが可愛いが、そのフレアも認める程度には美しい。

きっとリュスカもあの美しさに騙されているに違いない。

ならば自分が正気に戻させないといけない。

アンジェリカに傷が付けば、きっと目が覚めるはずだ。

美しさを損なったアンジェリカではなく、目の前にいる愛らしいフレアを選んでくれるはず。

「そうなればリュスカお兄様はわたくしのものです」

大好きなリュスカ。

幼い頃から優しくてかっこよくて、フレアにとっての王子様。

王子様とお姫様は結ばれる運命のはず。

だってみんなそう言っていた。フレアをお姫様だと。

「リュスカお兄様の運命の相手はわたくしですわ」

フレアの頭の中で、リュスカが優しくほほ笑んだ。

「――残念だが、それはただの勘違いだ」

その場で聞こえるはずのない声がした。そうだ。そんなことあるわけない。

そう思いながら、フレアはゆっくり声のほうを振り向いた。

「……お兄様?」

そこにはいるはずのないリュスカが立っていた。

フレアは思わず足をよろけさせる。

「いつからそこに……」

「悪いが、すべて聞かせてもらった」

すべて、ということは、始めからと言うことだ。

フレアの顔から血の気が引いた。

「違うの、お兄様」

「言い訳は聞かない」

リュスカが冷たい表情でフレアを見る。

リュスカのそんな表情を見るのは初めてだ。

リュスカはいつもフレアには優しかった。どんなイタズラをしても、どんなワガママを言っても、最終的には許してくれた。

だから今回も許してくれるはず。

「ごめんなさい、お兄様。でもアンジェリカが悪いんですのよ?」

アンジェリカがフレアのものを奪おうとするのがいけない。

フレアの大事なリュスカ。フレアの大事な公家の家族。フレアの大事な公太子妃という地位。

それを奪ったアンジェリカが悪い。

フレアに優しく「そうだね」と言ってくれるはずのリュスカは、フレアを見ながら大きくため息を吐いた。

「言いたいことはそれだけか？」

その鋭い視線に、フレアは身体を強ばらせた。

どうして？　おかしい。フレアが謝ったのだから、許してもらえるはずなのに。

「フレア、はっきり言っておくが、俺は君を女性としては見れない」

リュスカにきっぱり言い放たれ、フレアは自分の足元が崩れ落ちる感覚を覚えた。

「どうして？　わたくしとお兄様はお似合いでしょう？」

みんな言っていた。「フレア様とお似合い」「リュスカ公子はフレア様が好きなはず」「おふたりほどお似合いな相手はいない」……そう、そう言ってくれていた。

「そんなの誰が言ったんだ？　悪いが俺には君とともに歩む未来は描けない。物事の良し悪しがわからない人間を、公太子妃にするわけにはいかないんだ」

フレアは叫んだ。

「わたくしは公族唯一の女性で侯爵家の娘ですのよ!?」

母は現公王の妹。正当な血筋。小国の公爵家の娘より高貴な身分。

その自分がなぜアンジェリカに負けるのか。

リュスカが静かに言った。

「血筋だけか？」

「え？」

「自分が公太子妃にふさわしいと思う理由は、血筋しかないのか？」

フレアは言葉を探した。

「だって……だって他に何が必要なのです？」

フレアにはわからない。リュスカはゆっくり頭を振った。

「教養、矜持、したたかさ。それらがなければ公太子妃などになれない。血筋も軽視するわけではないが、血筋を理由にそれらを持っていない人間が公太子妃になりたいなど、おこがましいことだ」

リュスカはただただ淡々と、事実を述べた。

しかし、それを受け入れることなど、フレアにはできなかった。

だってそれはフレアのすべてを否定していた。

「じゃあわたくしはどうすればよかったのです？」

今までそうやって考えて生きてきたのだ。

高貴な血がすべて。育ちがすべて。地位がすべて。

今更それらが間違っていたと言われても、フレアにはどうしたらいいのかわからない。

「それを訊ねる時点で、君に公太子妃は向いていない」

リュスカの言葉はフレアへの胸に大きく突き刺さった。

なんでどうして。こんなはずではなかった。こんなことあっていいわけがない。

いや――。

「すべてアンジェリカが悪いんですわ！」

そうだ。すべてはアンジェリカが悪い。

「横から急に現れて、わたくしの大事なものを奪っていった。許されることではありません」

「フレア」

リュスカが優しく諭すような声音を出した。

「お前のそれは、俺への愛じゃない。所有物だと思っていた俺を奪われたことに怒っているだけだ」

「難しいことをおっしゃらないで！　わたくしにはわからないわ」

リュスカの言うことは何もわからない。フレアはただ自分の思う通りにいかないことが理解できない。

リュスカはフレアから離れた。

「とにかく、現場を押さえた。今回の嫌がらせが大掛かりでないとはいえ、処分は下さなければいけない。関わった者も、そしてそこにいる君も、覚悟するように」

「も、申し訳ございませんでした……！」

黙って震えていた使用人がリュスカに深く頭を下げた。

「それはアンジェリカに言ってくれ。まあ、アンジェリカがいいと言っても処分は下すが」

リュスカの言葉に、使用人が涙を流して崩れ落ちた。

「フレアも、覚悟しておくように」

フレアは驚きに目を見開いた。

「わ、わたくしもですか……なぜ……？　だってわたくしは公族の血を引いている、ロッ――」

「『ロッティーニ侯爵が娘』……そう言いたいんだろう？」

その通りだった。

「フレア……その地位はすべての免罪符になるわけじゃないんだ」

そんなはずはない。だって、フレアは今まで公家の血筋で、ロッティーニ侯爵令嬢という肩書で自由にやってきたのだ。この肩書を出せば、みんなフレアを特別視してくれた。

そう、フレアは特別なはず。

しかし、リュスカはフレアに冷たい視線を向けた。今まで向けられたことのない視線に、フレアは固まった。

リュスカはもうフレアの顔を見たくないかのように背を向けた。

「いつかきっと理解できる日が来ることを祈っているよ」

彼はそのままフレアを振り返ることなく行ってしまった。

よく見た背中だ。だってリュスカはフレアのことを追いかけてはくれない。フレアが追いかけてばかりだ。

ずっとずっと、その背に手を伸ばしてきた。

「あの……フレア様……私はこれからどうなるのでしょうか……」

フレアの味方をして、フレアのためにアンジェリカに嫌がらせをした使用人の女性が、泣きながら震えている。リュスカは彼女のことも罰すると言った。彼女はこれからの自分のことを想像して震えているのだろう。

「……わたくしが、わたくしに逆らえなくてしたことだと証言しますわ」

泣いていた使用人がパッとフレアを見た。

「いいのですか？」

「ええ。事実、あなたはわたくしの言うことを聞いてくれただけだもの」

フレアにだって人の心が残っている。自分のために手を汚した人間を、そのまま同罪にするのは気が引ける。

「あ、ありがとうございます……！」

「……そろそろ持ち場に戻ったほうがいいと思いますわ」

「あ、本当ですね」

リュスカと話している間に、随分時間が経ってしまった。彼女は仕事を抜けてきているから、戻ったほうがいい。そう思い声をかけると、使用人は気まずそうにしながらも持ち場に戻っていった。

フレアはそれを見送ってから、ずるずると地面に座り込んだ。

リュスカに嫌われてしまった。

間違いない。あの瞳は自分を軽蔑していた。

なんでもありだと思っていた。何をしても最終的には許されるのだと。

だって今まですべてを許されてきたから。

「これからどうしたらいいんですの……」

フレアには身分と血筋しか誇れるものはない。これがフレアのすべてだったのだ。

しかし、これももう大した価値はないらしい。

「ずっとそれだけで生きてきたのに……」

大事な公族のお姫様。みんなに愛される女の子。それがフレアだった。

それがどうだ。

教養もない。社交もうまくない。打たれ弱い。

公族のお姫様でなければ、フレアなど、存在意義がなくなってしまう。

「羨ましい……」

リュスカに愛されるアンジェリカが。強いアンジェリカが。賢いアンジェリカが。

自分が持っていないものをすべて持っている。

「ならリュスカお兄様をくれてもいいじゃないですの……」

すべて持っているのだから、ひとつぐらいくれてもいいはずだ。

ずるい。憎い。そんな気持ちがあふれ出てしまう。

「――わたくし、これからどうなるのでしょう」

リュスカはフレアを許す気がなさそうだった。きっと公の場で罪を暴かれるに違いない。

そうなれば、もうフレアはお姫様でいられない。

終わりだ。何もかも。

「――ごきげんよう、フレア様」

「誰……？」

フレアが落ち込んでいると、見かけない女性が声をかけてきた。どうも宮殿のメイドのようだった。

フレアが警戒する。

「安心してください。私はあなたの味方です」

メイドがすっと近付いてくる。フレアも後ろに下がるが、遠慮なく距離を詰めて来る女性のせいで、すぐに逃げ場がなくなってしまった。

メイドが笑みを浮かべる。

「アンジェリカに一矢報いたくありませんか？」

フレアが逃げることも忘れ、グイッと女性の顔に近付いた。

「どういうことですの?」

アンジェリカに何かできるのだろうか。もしかしたら、自分が公太子妃になれる方法も残っているだろうか。

「私が力を貸してあげます」

メイドが手を出した。

「さあ、どうします?」

どうしよう。どうする? 考えるが、もう心は決まっていた。

フレアはメイドの手を取った。

第五章　犯人は

「というわけで、犯人も捕まえて、処罰済みだ」

リュスカからの報告を受けて、ホッと胸を撫でおろした。

「それでここ最近は平和だったのね」

ここ数日はお湯がないと言われることも、陰口を言われることも、部屋の掃除がされてないこともなかった。おかげでアンもすこぶる機嫌がいい。

「報告が遅くなってすまない。すべて終わってからと思ってな」

「大丈夫。予測ついていたし」

だって、私に敵意むき出しだったのは彼女しかいなかった。

「やっぱりフレアだったのね」

リュスカに長年片思いしているらしい女の子。

気持ちはわからないでもない。私もリュスカをいきなり知らない女の人が奪い取っていったら嫌だ。

まあ、だからと言って私なら嫌がらせをせずに、正々堂々戦うけれど。

「身内がこんな真似をして恥ずかしい。本当に申し訳なかった」

「リュスカのせいじゃないでしょう。謝るなら本人でないと」

リュスカは何も悪くないのだから、謝る必要などない。

「……本人に謝ってほしいか？」

リュスカがおそるおそる聞いてきた。

「謝ってほしいというか、相手の吠え面が見たい」

心底悔しくてしかたないという表情が見たい。

「吠え面……アンジェリカらしいな」

リュスカが笑った。

「実はロッティーニ侯爵から、一度謝罪の席を用意してほしいと要求があった」

「ロッティーニ侯爵って、フレアの父親よね」

「ああ」

リュスカがため息を吐いた。

「フレアがああなる要因を作った人物だ」

娘を甘やかし無責任な人間にしてしまった人物。

「別にいいけど……どんな人だとしても、ロッティーニ侯爵はこれからも付き合いはあるだろうし、早めに顔合わせができるということは、いいことでもあるでしょう？」

「ありがとう。そう言ってもらえると嬉しい。やはりどうしても会いたいと聞かなくてな。フレアは今許可なしに宮殿に入れないようにしているから、こういう機会を作らないと謝罪もできないと言われてしまって困っていたんだ」

「そうなの。でも会うのはいいけど、一応言っておきたいんだけど」

私は間を置いた。

「フレアの父親をぶん殴ってしまっても大丈夫かしら？」

諸々が許せなくて、殴ってしまう可能性がある。一応事前確認は大事である。

「ああ。むしろ殴ってくれていい。今まで誰も侯爵の暴走を止められないでいたからな」

許可が下りてよかった。

「今日の夕食に、ロッティーニ侯爵とフレアが同席する。今から一緒に行こう」

いつもリュスカが私の部屋を訪ねるのは夕食後が多いが、今日はその前に来て珍しいなと思っていた。微妙な時間に部屋に来たのは何かあったのかと思っていたが、どうやら夕食にロッティーニ侯爵が来るからのようだ。

「今日の夕食って、ロッティーニ侯爵が来ることは私の許可関係なしに決まっていたのね？」

「ああ。もしアンジェリカが嫌がっても、公家には一度謝罪に来てもらう予定だったんだ。まあもちろん許すかどうかはこちらが決めるけど」

これは許す気がなさそうだ。

私とリュスカは二人で食卓に向かった。そして着いた部屋には公家の人々と、フレアと、その隣に初めて見る男性が座っていた。おそらくこの見覚えがない人物がロッティーニ侯爵だろう。

私とリュスカは並んで席に着いた。

公王がそれを確認してから話し出す。

「これから晩餐であるが、先にロッティーニ侯爵とフレアから話があるそうだ。先に彼らの話を聞きたいと思うが、アンジェリカ嬢、いいだろうか」

私は頷いた。

「もちろんです」

「感謝する。二人とも、アンジェリカ嬢の前に」

公王に言われて、ロッティーニ侯爵とフレアが私の前に立った。

初めて会うロッティーニ侯爵は、やや吊り目なところはフレアに似ていた。

「アンジェリカ嬢、このたびは我が娘が大変申し訳ないことをした」

ロッティーニ侯爵が頭を下げた。

「可愛い娘でつい甘やかしすぎてしまった。そのせいで娘はなんでも自分の思い通りでないと気が済まない性格になってしまったようだ。よく言い聞かせたから、今後はこうしたことはないと思うので、安心してほしい」

安心していいのだろうか。彼女がリュスカに恋していたのはつい最近のことではない。長年の思いをそう簡単に割り切れるとは思えない。それに、長年培われた気質はそう簡単に変わらないはずだ。親に叱られたからと言って、フレアはその親のことを舐めている。そんな彼女が素直に反省するとは思えない。

警戒は解かないでおこう。

「ほら、お前も謝りなさい」

ロッティーニ侯爵がフレアを促す。

フレアは不満そうにしながらも、私の顔を見ると、静かに頭を下げた。

「悪かったですわ」

リュスカが怒りを隠さない様子で私の近くから念を押した。

「きちんと謝罪すること。それができないなら帰ってもらおう」

「リュスカ、そこまでしなくても……」

大勢の前での謝罪など、プライドの高いフレアがしてくれるとは思えなかった。

だから、形だけのものでも私はよかったのだが。

むしろ私の本命はフレアの隣にいる人である。

その大本命はフレアを睨みつけている。

「ほら、ちゃんと謝りなさい！」

フレアの父がフレアの頭を下げさせる。今まで可愛がることだけしていた娘の頭を、彼は押さえている。

その行動は、親として子供を窘めているように見える。もしかしたら、フレアにとって、初めて親に叱られる経験なのかもしれない。

私はぐっと押さえられて頭を下げ続けているフレアが不憫に思えた。

彼女は叱られ方も、謝り方も知らない。

「もういいですから」

「でもこの子が悪いので」

それはそうだ。フレアがやったことなのだから、フレアが悪い。

でも悪いのはフレアだけじゃない。

「そうですね。でも娘にすべてを押し付けようとするのはいけないと思います」

フレアの父が、フレアから手を離した。

フレアの公太子妃になるという言葉は、確証があって言っているようだった。

子供がそうした確証を得るのは、大半は親がそう言い聞かせている場合だ。

そしてフレアは言った。「お父様はそう言ったのに……」と。

つまり、フレアにそう思い込ませ、凶行に走る一因となったのは、この父親だ。

「フレアに夢を持たせたかったのですか？　それとも自分の娘を王太子妃にするために娘がそう思い込むように仕向けたんですか？　いえ、仮にそうだとしても、そこまではいい」

私が許せないのはその先だ。

「どうして彼女に世の中のことを教えてあげなかったんです？」

ここまで一気に話しているからだろうか。ロッティーニ侯爵は私の言葉に口を挟まなかった。

「貴族令嬢のするべきことは？　教養は？　なぜ彼女に必要なことを教えなかったのですか？　娘

が嫌がったから？　地位があるから？　なんであれ、やるべきことをできるようにしてあげなければ、彼女はこの世界で、孤立してしまいますよ」

現に、彼女はあまりに物を知らなすぎて、私の指摘に戸惑っていた。

「言い返す言葉もない……」

ロッティーニ侯爵は項垂れた。

「この子の未来のことを、あまり考えられていなかった。そのときそのときだけを見てしまった……本当に申し訳が立たない。――すまない、フレア」

「お父様……」

フレアの父は、わざとフレアにそうした教育をしようとしたわけではないのだろう。ただ愛情が偏りすぎてしまった。きっとそれだけだ。

「アンジェリカ嬢、重ね重ね申し訳ない。フレアが地位に固執していることも、それを鼻にかけていることにも気付いていたが、問題ないと思っていた……本当は私が指摘をして意識を変えさせることをするべきだった」

「……そうですね」

フレアの父は、今度は深く深く頭を下げた。

「あなたがいなければ、親子ともにこの問題に気付かなかった。気付かせてくれてありがとう」

――今日この父親を殴る必要はなさそうだ。

私はひそかに握っていた拳を開いた。

「お役に立ててよかったです」

拳の代わりに笑みを返した。

「無事謝罪できてよかったな、ロッティーニ侯爵。だが、これで許されたと思わぬように」

「はっ!」

公王の言葉にロッティーニ侯爵が返事をした。

「では、待たせてしまったが、晩餐にしよう」

公王の言葉で、晩餐が開始された。

目の前にはおいしそうな食事がたくさん並べられている。

「この鴨肉おいしい〜!」

私は舌鼓を打った。ここの食事は毎回思うが、本当においしい。その中でも、公王とともに食べる料理はシェフの気合も入るのか、特においしい。

私は次に、野菜のソテーに手を出した。

「んー、おいしい!」

野菜本来のおいしさを損なわず、ソテーしたことでさらに旨みを引き出していた。

引き出していた、けれど……。

「あ、あれ……?」

私は激しいめまいに襲われた。身体の姿勢を保てず、そのまま横にいたリュスカに倒れかかる。

「アンジェリカ……？　おい、アンジェリカ！」

リュスカの声がする。でもどこか遠い。

私の意識はそこで途絶えた。

◇◇◇

「アンジェリカさんが倒れたって⁉」

王城の外にいたアーノルドが慌てて部屋の扉を開けた。

そこには静かに横たわるアンジェリカがいた。

「ア、アンジェリカ様……どうして……」

デイジーが泣きながらアンジェリカの手を握る。その手は死人のように冷たかった。

「毒だそうだ……今急いでアンジェリカの食べたものを調べているが、どうも珍しい毒のようで、特定ができない」

「そんな……！」

デイジーが悲痛な声を上げた。

「じゃあ、まさかこのまま……！」

「そんなことはさせない！」

デイジーの言葉にかぶせるようにリュスカが言った。

「絶対アンジェリカは死なせない。何がなんでも助けてみせる」

リュスカの瞳は決意が秘められ、この状況でも諦めていないことが見てわかった。

「リュスカ様……」

「頼む二人とも。協力してくれ」

リュスカの視線に射抜かれながら、二人は頷いた。

「当たり前じゃないですか！　商会が扱っている解毒剤すべて持ってきます！」

「俺もいくつかクレイン王国の王族ご用達の薬持ってきてるから全部あげるよ！」

リュスカは二人に肩に手を置いた。

「ありがとう。二人とも」

「何言ってるんですか。私たちは仲間じゃないですか」

「そうだよ！　アンジェリカさんには元気になってもらわないと。静かすぎると落ち着かないからね！」

この場の雰囲気を明るくするかのように、デイジーとアーノルドが明るい口調で言う。

「ああ……そうだな。アンジェリカには早く起きてもらわないと」

リュスカが二人から離れてアンジェリカに視線を向けた。

アーノルドとデイジーは頷きあう。

「私は行きますね」

「俺も。すぐに戻るからな！」

二人が部屋から出ていった。

「俺も解毒剤を探してくる。アンジェリカ、少し待っててくれ」

リュスカがアンジェリカに近付き、その頬を触った。

しかし、頬は氷のように冷たい。

そのことに焦りを感じながら、リュスカは部屋を飛び出した。

◇◇◇

「どの薬も合わない⁉」

リュスカがテーブルを叩いた。衝撃でいくつもの薬が床に落ちる。

「どういうことだ！　これでこの国に存在する解毒剤はすべてなんだろうな⁉」

リュスカが医者の胸倉を摑む。

「は、はい。アーノルド陛下とデイジー嬢からいただいた薬も含め試しましたが、効果はなく……」

医者の言葉にリュスカが床に座り込んだ。

「そんなはずない……それじゃあ、アンジェリカは……」

――アンジェリカは死ぬのか……？

目の前が真っ暗になる。

顔色の悪いアンジェリカ。手も冷たく、生気が感じられない。

もうこのまま目覚めないかもしれない。

リュスカの背中から何かがゾッと這い上がってくる。

ダメだ……死なすわけにはいかない……アンジェリカ……。

――だが、どうすればいい？

リュスカに絶望が襲い掛かり、その場を動けない。動いても何をしたらいいのかわからない。どうしたらいいんだ。どうしたら！

「――落ち着け、リュスカ！」

大きな声で現実に引き戻された。

気付けば目の前にアーノルドがいた。

「アーノルド……」

「リュスカがそんなんでどうするんだ。冷静になれ」

「冷静にと言われても……」

目の前で最愛の人が死にかけているのに、冷静になどなれるものか。

そうやけになりそうになるリュスカに、アーノルドがまた力強い声を出した。

「まだアンジェリカさんは生きてる！」

リュスカがハッとする。

そして、アンジェリカを見た。

顔色は悪いが、胸がゆっくりと上下している。

息をしている。まだ生きている。

「まだ生きているんだ。諦めるな」

そうだ、アンジェリカは今このときも生きている。

本人も必死に戦っているんだ。

リュスカの目に再び火がともった。

「そうだ。そうだな。ありがとうアーノルド」

調子を取り戻したリュスカに、アーノルドが安堵の表情を浮かべた。

「薬は全滅……そうなると、もう神頼みするしかない」

安堵の笑みを浮かべたばかりだったアーノルドが、「はいっ⁉」と素っ頓狂な声を上げた。

「神頼みって正気か⁉　確かに冷静になれとは言ったけど、そっち方向にいけとは言ってないぞ⁉」

「そうですよ、もう一度深呼吸しましょう？　はい、ひっひっふー」

「それラマーズ法！」

デイジーとアーノルドが掛け合いをしている間に、リュスカは説明する。

「この国には神といえる存在がいるだろう？」

二人が、わからないというように顔を見合わせた。

リュスカは答えを告げた。

「この国の建国者。スコーレットだ」

そう言われて、二人は「あっ！」と声を上げた。

◇◇◇

三人は以前来た、スコーレットの遺品置き場に来ていた。

「薬が効かないのなら、ただの毒でないのかもしれない」

リュスカが数あるスコーレットの遺品を見ながら呟く。

「確かにそうかもしれないですね。何か呪いとか……」

「ひっ」

呪い、と聞いてアーノルドが上擦った声を出した。

「俺、呪いとかお化けとか、そういう怖い系はちょっと……」

アーノルドが怯えながらリュスカとデイジーの後ろに続く。

「あんなにボロかった離宮で暮らしていたのに、お化けがダメなのか？」

「ボロかったとか言うなよ。いや確かにボロかったけど！　あそこならお化けが出ても母上だろうから大丈夫だったんだよ！」

アーノルドの母親は、あの離宮で暮らしている間に亡くなっている。離宮は古く薄暗く、隙間風が入ってくるようなところだったが、お化けに怯えるより、もしかしたら母に会えるかもしれないという期待のほうが強かった。

だが、ここは離宮ではない。出てくるお化けは母親ではないし、お化けは昔から大嫌いだ。

「あった。これだ」

リュスカが壺を手にした。中には白い粉が入っている。

「それは？」

デイジーが訊ねる。リュスカは壺の中身を見ながら答えた。

「スコーレットの秘薬だ」

リュスカが片手に乗る大きさの壺を握りしめる。

国にある薬はすべて効かなかった。残るのはこのひとつのみ。

「もうこれが最後の手だ。これが効かなければ……」

リュスカの頭の中に、冷たく横たわったアンジェリカが思い浮かんだ。

「いちいち考えるなよ！」

思いつめた表情をするリュスカに、アーノルドが発破をかける。

「最悪の事態を考えるのはそれを試したあとだ！　急いでアンジェリカさんのところに行け！」

アーノルドに背中を押され、リュスカは意を決してそのまま駆けだした。そうだ。今はアンジェリカを救うことだけを考えるんだ。

リュスカの脳裏に今までのアンジェリカが浮かぶ。

出会ったときの戸惑っていたアンジェリカ。アーノルドに怒るアンジェリカ。初デートで恥ずかしそうにしていたアンジェリカ。ベラに臆することなく立ち向かったアンジェリカ。

『きっとお兄様は騙されているのです』

フレアが言っていた言葉が頭をよぎった。

走りながらリュスカは笑みを浮かべた。

騙されていたっていい。認めてもらえなくてもいい。ただ自分はアンジェリカがいい。

「リュスカ様！」

リュスカが再びアンジェリカの寝ている部屋に入ると、医者が青ざめた顔で出迎えた。

「何を試しても効果がありません！　さきほどまでより、どんどん体温も下がっていて……！」

リュスカが壺を医者に差し出した。

「？　なんです、これは？」

「この薬も試してほしい」

医者が頷いた。

「わかりました。すぐに」

医者が匙に薬を載せ、アンジェリカに飲ませようとするが、アンジェリカの口の端から零れていく。

「ダメです……もう自力で飲み込む元気も……」

医者が諦めかけたそのとき。

リュスカが医者の匙を奪い取る。

「何を――」

リュスカはそのまま匙に載っていた薬を自分の口に入れた。

医者が呆然としているのを尻目に、アンジェリカに近付く。

彼女の顔を両手で押さえると、そのまま口づけた。

あとから部屋に入ってきたデイジーが口を押さえて赤くなり、アーノルドが驚いて固まっているのが視界の端に入った。

しかしリュスカは止まらない。

そのまま舌でアンジェリカの唇をこじ開けると、開いた隙間から薬を流し込む。

――頼む。飲んでくれ。

リュスカが祈るような口づけを続ける。口を離すと薬を吐き出す可能性があるからだ。

――ごくん。

みんなが見守る中、アンジェリカの喉が動いた。

薬を飲んだ。

リュスカが唇を離す。

安心するのはまだ早い。この薬が効くかどうかは、わからないのだ。

「アンジェリカ……」

リュスカがアンジェリカの手を握る。ここからは祈るしかできない。

果たして数秒だったのか、数十分だったのか。

「ん……」

リュスカにとっては何時間も経過したように感じた頃に、アンジェリカが声を出した。

「アンジェリカ！」

アンジェリカがリュスカの呼びかけに応えるように目を覚ました。

「あ、あれ？　みんなどうしたの？」

状況が一人飲み込めないアンジェリカが訊ねた。その顔色は元に戻っており、さきほどまで冷たい身体で横たわっていたとは思えない。

「どこもなんともないか？」

「ええ……大丈夫だけど？」

受け答えもしっかりしている。嘘をついている様子もない。リュスカは安心して床に座り込んだ。

「ちょっと、リュスカ⁉」

アンジェリカが驚いてベッドから下りてリュスカに駆け寄る。

「大丈夫？　どこか体調が悪いの？」

心配するアンジェリカに、リュスカは優しくほほ笑んだ。

「俺は大丈夫だ。アンジェリカさえ無事なら俺は……」

リュスカがアンジェリカを抱きしめた。

とくん、とくん、とくん。

確かにアンジェリカの心臓の音とぬくもりを感じた。

状況が摑めないアンジェリカが、リュスカを抱きしめ返す。

しばらく二人は抱きしめ合っていた。

◇◇◇

「毒？　私が？」

思わず自分を指さしながら訊ねてしまった。

「ああ。晩餐中にいきなり倒れたんだ」

いつ倒れたのだろう。まったく苦しむこともなく、意識を失ってしまったのだろうか。

「解毒剤もまったく効かなくて、どうしようかと思ったんだよ」

アーノルドが心底ほっとしたという表情をする。

「解毒剤が効かなかった？　じゃあ私どうやって目覚めたの？」

自然治癒力？　だがリュスカの様子から、おそらくそんなに軽い症状でなかっただろうことが窺えた。

「スコーレットの遺品を使った」

リュスカが私に説明してくれる。

「かつて魔女の一人に、自分で調合した毒を使う魔女がいたらしい。その魔女の毒を無効化するためにスコーレットが作った秘薬を、アンジェリカに飲ませた」

魔女の作った薬……ということは。

「また魔女の仕業ってこと⁉」

ベラに続き、まだ他にも魔女が存在するのか。そしてその魔女は私を狙っているのか。

「いや、まだ魔女が存在しているのかどうかもわからない。魔女の薬だけどこかに残っていた可能性がある」

「あ、そうか……」

確かに薬だけがまだ残っていたのなら、魔女ではなくても、普通の人にも扱える。

だがそうだとしても、誰かが私に毒を盛ったのは間違いない。

「犯人は？」

「まだだ」

リュスカの顔が険しくなった。

「調理場にいた人間全員に取り調べをしているところだ。犯人は今のところ名乗り出ていない。この中にいるのか、それとも部外者が密かに薬を入れたのか……どちらにしろ」

リュスカが無表情に言い放った。

「死刑だ」

「え⁉」

私は慌てて止めに入った。

「いきなり死刑だなんて！　もしかしたら、そんなに強い毒だと思っていなかった可能性もあるし、まずは話を聞きましょう！　ね⁉」

私が死んでしまったのならまだしも、まだ私は生きている。魔女の毒ということは、何百年も前のものということだ。スコーレットの遺品が本当にそういった使い方をするのかわかっていないのと同じで、よく知らずに使った可能性もある。相手が何も罰せられないことなどないだろうが、相手の話を聞いてからでいいのではないか。

「未来の公太子妃に毒を盛ったんだ。死刑でいい」

「でも私まだ婚約者段階だし……死刑は重すぎるんじゃや……」

「重すぎない。死刑が妥当だ」

どうしよう。リュスカが譲ってくれない。

他の人たちもだんまりを決めているが、後味も悪くなるので死刑はやめてほしい。

どうしたものか、と私が考えを巡らせていると、部屋の扉が勢いよく開いた。

そこには宮殿の執事がいた。

「皆様！　ようやく一人の調理人が口を割りました！」

リュスカが私から執事に視線を移行させた。

「なんだって⁉　その相手は⁉」

「それが……」

リュスカの問いに、言いにくそうにしていた執事が、意を決したように口を開いた。

◇◇◇

「放しなさい！　わたくしを誰だと思っているの⁉」

フレアが拘束されたまま叫んだ。

「わたくしはロッティーニ侯爵が娘、フレアですわよ⁉　こんなこととして、ただで済むわけ……」

「ただで済む。お前が犯人ならな」

リュスカが私を連れて部屋に入る。フレア以外の人間は私を見て、ほっとした表情を浮かべてくれた。

「アンジェリカさん！　目覚めたのね、よかったわ」

公王妃が私に声をかけてくれた。

「ご心配おかけしました」

「もうどうなることかと思ったわ……本当によかった……」

公王妃が安心からか、涙を一筋流した。

私自身、毒で倒れていた自覚がないため、こうして心配されるのも不思議なぐらいだが、この公王妃の反応からして、リュスカが大げさに言っているのではないことがわかった。

魔女の毒。

苦しむことなく意識を失った。あのまま目覚めなかったらと考えたら、背筋が凍る。

ようやく本当に危なかったのだと自覚できた。

「フレア……お前に依頼された料理人が吐いたぞ」

「！」

騒いでいたフレアが口を開き、何か反論しようとしたが、その前にリュスカがある人物を連れてきた。

料理人だ。

リュスカが、すっかり萎縮してしまっている料理人に声をかける。

「フレアになんて言われたのか、覚えているか」

「は、はい」

料理人は震えていた。

「フレア様が現れて、これをアンジェリカ様の食事に混ぜるように言われて……」

料理人が懐から何かを取り出した。小さな瓶のようなもので、おそらくそれに毒が入っているのだと思われた。

私はそれを受け取った。

「これが、『魔女の毒』……」

「何⁉」

私の呟きに、公王陛下が反応した。

「魔女の毒だと⁉　そんなものどこで⁉」

フレアがビクリと肩を揺らした。

「ち、違う……わたくしは……」

「公族の血を継ぐ者が、魔女の道具に手を出すとは……恥を知れ」

公王が鋭い視線でフレアを射抜く。

「違う……わたくしは、そんなつもりは……」

「言い訳はいい。これは重大な事件だ。さっさと牢屋に連れていけ」

公王が、フレアを拘束している人間に目配せする。拘束した人間は、公王に頷いて、フレアをそのまま部屋の外へ連れていく。

「ま、待ってください！　わたくしではないのです！」

フレアがこの期に及んで必死に言い訳する。

「違う……違うの……」

フレアが首を横に振りながら部屋から出ていく。

「違うのよぉぉぉぉぉぉ！」

いつも上品であろうとした彼女のかなぐり捨てた叫び声が響いた。

しばらく彼女の声が聞こえていたが、少しすると静寂が戻る。

すると、静かにしていたロッティーニ侯爵が、その場で膝をついて私に頭を垂れた。

「申し訳ない！　下手をしたら死んでいた……まさかあの子がそこまでするとは……」

ロッティーニ侯爵はこの少しの間に、すっかり憔悴《しょうすい》し切っていた。

その前までは、されたのが小さな嫌がらせだったからか、申し訳なさは出ていたが、娘可愛さもどうしてもある様子が窺えていた。

しかし今はただただ戸惑いと後悔と悲しみで、娘について本当に思い直したようだ。

「君が望むのならなんでもしよう。すべて我々の責任だ。あの子をああした人間にしてしまったのは私が原因だ」

ロッティーニ侯爵は、膝に置いた両手が膝に食い込むほど、爪を立てていた。行き場のない感情を、どうしたらいいのかわからないのだろう。

「そうだ。その通りだ。その責任は何かしら負ってもらうので覚悟するように」

「……御意」

ロッティーニ侯爵が項垂《うなだ》れたまま答えた。

私を置き去りにして話が進んでしまっている。私は慌てて口を挟んだ。

「待ってください。そもそも彼女の話を聞いてみないと。本当に私を殺そうとしたのか、わからないじゃないですか」

リュスカが私を見た。

「リュスカ、落ち着いて。今のあなたは冷静じゃないわ。こういうときに感情だけで動いてはダメよ」

私が言うと、リュスカは自分が怒りに支配されてしまっていたことに気付いたようだった。

「……確かに、そうだな。怒りで物事を客観的に見れなくなっていたかもしれない」

リュスカが少し落ち着いたようで、ロッティーニ侯爵を責めるのをやめた。

「ロッティーニ侯爵も……まだ彼女が私を殺そうとしたと決まったわけではありません。魔女に騙されたか、利用された可能性もある。……よく思い出してください。あなたたちの娘は、本当に自分のワガママで人を殺めてしまうほど、愚かなのか」

ロッティーニ侯爵がハッとする。そして静かに首を横に振った。

「いいや……あの子は確かにワガママで周りが見えないところがあるが、人の命を奪おうとするほど愚かではない」

私は笑みを浮かべた。

「ですよね。私もそう思います」

フレアは考えなしで、直情的で、自分が一番可愛い人間ではあるが、悪人ではない。本当に悪人であるのなら、使用人にあんな小さな嫌がらせを指示したりしないで、もっと派手に動いていただろう。それこそ、暗殺できる機会などいくらでもあった。わざわざ公王やみんながいるときでなくても、もっと目立たず、私を追い込むことができたはずだ。

でもしなかった。

それはきっと、彼女にそんなことをしようという考えがなかったからだ。

リュスカから、フレアの嫌がらせの結末として、思い詰めたフレアが私を傷つけようと使用人に話していたと聞いたが、それは思わず口に出してしまっただけではないだろうか。その証拠に、具体的にどのようにやるかなども話していなかったようだ。怒りで頭に浮かんだことを言ってしまっただけなのではないかと私は勝手に思っている。そもそも本当にそうしたいなら、不慣れな使用人など使わず、そういった家業の人間に依頼するはずだ。

「私から一つ提案があります」

「なんだ？」

公王が私に訊ねた。

「それは――」

◇◇◇

どうしてこんなことに。

フレアは薄暗い牢屋の中にある小さな質素なベッドに腰掛けながら、一人泣いていた。

ここには大好きな父も母も、年の離れた可愛い弟も、ペットの犬もいない。

「どうして……」

こんなことになるはずではなかった。

フレアが悲しみに支配されているとき、コツコツコツ、と足音が響いた。フレアはその足音を聞き逃さなかった。

「誰⁉」

コッコッコッ、と足音が近付いてくる。

ローブを着た人物がこちらにやってくるのがかすかな明かりの中でわかった。

その人物は、フレアのいる牢屋の鉄格子の前まで来ると、立ち止まった。

そしてそっとローブを脱ぎ取った。

フードの下からは長い紫の髪と、赤い瞳をした女性が現れた。黒いドレスを身につけたその女性は、フレアを見ながら笑みをたたえる。

「あ」

フレアがその人物を指さした。

「あ、あなたは……！」

その指が震える。

「あのときのメイド……！」

あのとき、フレアがはっきりとリュスカに振られた日。悲しみに暮れているフレアに、声をかけてきたメイド。

フレアはキッと相手を睨みつけた。

「話が違うではないですか！」

メイドが首を傾げる。

「話が違う？」

「とぼけないでくださいませ！」

牢屋のベッドに座っていたフレアが、鉄格子に駆け寄る。

「わたくしは、あなたが手を貸すと言うから……あのままでは悔しいから、リュスカお兄様を諦めるにしても、何かアンジェリカに一矢報いたい気持ちで……少し痛い目を見る薬と言われて渡されたあの薬を使ったのです！」

フレアが鉄格子を摑んだ。

「なのになんです⁉　もう少しでアンジェリカは死ぬところだったそうではないですか！　わたくしはそこまで望んでいません！」

メイドがおっとりした口調で言った。

「おや、そうでしたか？　私はうっかり間違えてしまったのでしょうか？」

「とぼけたことを……あなた、このままではわたくしと同罪で、もしかしたら、殺人罪に問われるかもしれないのですよ⁉」

人を殺そうとしたと判断されたら、それ相応の罰が与えられる。

フレアがしたことは確かに正しくない。殺そうとはしなかったにしても、アンジェリカが痛い目に遭うことを望んでいた。

だけど、その痛い目も、少し腹痛になればいいな、という、その程度のものだったのだ。

アンジェリカの死など望んではいない。

「ふん。甘ちゃんだね」

フレアに対して、メイドが不躾な口調になった。

「あ、甘ちゃんですって？」

「ああ。甘ちゃんすぎて反吐が出るね。愛した男が取られるというのに、指を咥えて見ているだけなんて……あたしには我慢できないね。欲しいものは何が何でも奪い取る。それがあたしだ」

「何が何でもって……それが人の命を奪うことになってでもですの⁉」

「もちろん」

平然と言い放たれた言葉に、フレアは愕然とした。

そんなフレアに構うことなくメイドは話を続ける。

「あんたはもう少し見込みがあると思ったんだけどね……ま、筋違いだったね」

「……なんて人ですの」

「なんとでも言えばいいさ。痛くも痒くもないからね」

フレアがギリッと歯を噛み締めた。

「わたくしは、すべてを正直に言いますわよ。そうなればあなたもおしまいですわ」

「そうかい。好きに言えばいいさ」

何も恐れていないその声音に、フレアは恐ろしいものを感じて、少し鉄格子から離れた。

「死刑になるかもしれませんのよ？」

「できるもんならやればいいね」

「できるものならって……死刑にならないと思っていますの⁉」

状況的に死刑になる可能性がある。フレアはその地位のおかげもあって、多少情状酌量の余地ありとして死刑ではなく修道院行きがありえるが、平民の場合はそうはいかない。未来の公太子妃を殺そうとしたのだ。それ相応の罰が下るはずだ。

「いいや。逃げ切ってやるってことさ。ほしいものすべて手に入れてね」

「そんなこと、できるはずないですわ」

逃げられるはずがない。今魔女の薬のせいで、その入手経路を探ろうと、警備が厳重になっているはずだ。

「どうだろうね。とりあえず、ひとつほしいものを貰っておかなきゃ」

メイドが鉄格子から手を伸ばす。

「な、なんですの⁉　わたくしは何も持っておりませんわよ⁉」

牢屋に入ったときに、所持品はすべて取られてしまった。今は本当に、着の身着の儘だ。

「いいや、いいものを持っているじゃないか」

メイドがにやぁ、と笑う。

「若さがね」

フレアの背中に冷や汗が流れた。フレアは必死にその手から逃れようともがく。

「いや！　誰か！」

「手助けだけしてもらって、ただで逃げようとするのはいけないね。対価をもらっていくよ」

牢屋の奥まで逃げるフレアを追いかけるように、メイドが手を伸ばす。

「さあ、こちらに――」

「――させないわよ」

突然聞こえた声に、バッとメイドが後ろを振り向いた。

そこにはアンジェリカとリュスカ。

それから、大勢の兵士がいた。

「逃がさないわよ。真犯人」

◇◇◇

「私から一つ提案があります」

「なんだ？」

公王が私に訊ねた。

「それは――」

私が提案したのは、簡単なことだった。

「フレアを見張って犯人を探し出しましょう」

フレアが自力で魔女の薬を手に入れたとは考えづらい。ならば共犯者がいると考えるべきだ。

そしてこの共犯者こそ、私を殺そうと思った人物だと考えた。

「見張る……」

公王が少し考えた。

「おそらく犯人はまたフレアに接触してくると思うんです。私を殺したいなら、自分で何かしたほうが早かっただろうに、わざわざフレアを使ったこと。フレアに罪を着せるためだけなら、それこそもっと上手な方法があるはずなのに、そうしなかったこと……それらを総合的に見て、犯人はフレアに用があり、また接触すると思います」

私の考えに、公王はうむ、と頷いた。

「そうだな。確かに共犯者、もしくはフレアを騙した人間がいる可能性もある。もしフレアに接触してこなかったとしても、逃げられないように、宮殿の警備に力を入れればいい」

「ええ。フレアの行動範囲から考えて、おそらく共犯者はこの宮殿にいる人物でしょうから」

フレアは社交もせず、この宮殿にばかり来ていたという。つまりほとんど家にいるか、宮殿にいるか。その二択なら、誰かに出会うチャンスは宮殿にしかない。

「俺もそうするべきであると思います」

リュスカも同意した。

「先程は冷静じゃなくて悪かった」

リュスカが謝る。

「フレアは困った子だが、根が悪いわけじゃない。殺人などできないと冷静に考えればわかることなのに……」

リュスカにとって、フレアは妹みたいなものだと言っていた。リュスカもフレアを嫌いなわけじゃない。公家の人間と認めることはできなくても、リュスカにとって大切な家族に間違いなかったはずだ。

「リュスカ、フレアが私を殺そうとしたわけじゃないと証明しましょう」

さっきの糾弾で、フレアがその中身を理解していないとしても、私の食事に薬を混ぜたことは事実だとわかっている。だからそこは罪になるだろう。

だが、殺人に関しては別だ。フレアが薬の中身を知らなかった可能性は高い。

「フレアを助けましょう」

私はにこりとほほ笑んだ。

◇◇◇

そして今、目の前にはフレアを陥れた犯人がいる。

薄暗い中、松明で照らされたその顔は——。

「ハナ？」

ハナだった。公妃から命じられて、アーノルドたちの世話をしている、メイドのハナ。

ハナはいつもの表情と違い、にやりと嫌な笑みを浮かべる。

「ちっ、タイミング悪いねぇ」

ハナが舌打ちする。

まさかハナが黒幕だったなんて。いつもの笑顔は消えて、意地の悪さが出ている表情で私たちと対峙したハナは、こちらがおそらく本性なのだろう。口調までまるで違う。

まったく気付かなかった。演技がうますぎる。

しかし、驚いている場合ではない。

「逃げ場はないわよ」

目の前には私とリュスカ。そしてその後ろには兵士たちと、アーノルドとデイジーがいる。アーノルドたちは事情を知ってついてきてくれたのだ。

私たち側にある通路の出入口はこの一箇所のみ。

どう考えても逃げられない。

しかし、ハナは慌てるでもなく、余裕の笑みを浮かべた。

「そういえば、あんたたち、色欲の魔女を捕まえたんだったか。あれの子孫も馬鹿だねぇ。あの力があれば、なんだって手に入れられるのに」

その言動に違和感を覚えた。同じく疑問に思ったらしいリュスカがハナに訊ねる。

「まるで本来の色欲の魔女を知っているかのようなことを言うじゃないか。彼女が存在していたのは、もう何百年も前なのに」

にやぁ、とハナが笑みを浮かべた。

「そりゃ知ってるさ。なんて言ったってあたしは――」

ハナが一瞬間を置いて、信じられないことを言った。

「あたしは強欲の魔女。すべてを欲し、すべてを手にする女だ」

第六章　強欲の魔女

私もリュスカも、その場にいるみんな、言葉を失った。

「ごうよくの……まじょ……？」

牢屋にいるフレアが、ポツリと呟いた。

その声に、意識を取り戻す。

「強欲の魔女ですって!?　ありえないわ。彼女たちが存在したのは、何百年も前のことよ！」

「そうだ。何百年も前だ。でもあたしは生きている。強欲の魔女だからね」

フレアをハナが見た。

「欲しいものを手に入れてきたのさ……そう、若さをね」

私はさきほどフレアに手を伸ばしていたハナを思い出した。

「まさかあなた……人の寿命を奪って生きながらえてきたの……？」

ハナは楽しそうに「ピンポンピンポンピンポーン」と言った。

「大当たり！　年を取りたくないからね。おかげでこんなに長生きしちまったよ」

ハナはどこからどうみても、十代後半ぐらいにしか見えない。

強欲の魔女。

詳しい力は知らないけれど、人から何かを奪えるようだ。

「人から何かを奪うだけか？　それでどうやって逃げるつもりだ？　見たところ、武器もないだろう」

「よくわかっているじゃないか。そうだね、あたしの力じゃ、この状況であんたたちに真っ向から向かって逃げることは不可能だ」

だけど、とハナは続けた。

「あたしには、数百年生きてきた、経験と知識があるんだよ」

ハナはそう言うと、牢屋にかかっているろうそく立てに手をかけ、それを引いた。

するとハナのそばの壁が動く。

ゴゴゴ、と大きな音とともに壁が動くと、そこには人一人通れる穴が出現した。

隠し通路だ。

「なっ！」

「ふふ、子孫も知らなかったかい？　この宮殿はいくつもこうした仕掛けがあるんだよ。あの憎いスコーレットが魔女対策に作ったのさ。まあ実際にはこうして魔女のあたしが逃げる手段にしようとしているんだから、きっとあの世でさぞ悔しがっているだろうさ」

ハナを捕まえようと、リュスカが走り出す。

しかし、それよりさきにハナが壁の穴に逃げ込んだ。中からまた仕掛けを動かしたのか、壁が動く。

「危ない！」

私は追いかける勢いを止められず、壁に入り込もうとしたリュスカの服を慌てて引いた。

壁の通路が閉じた。

「危なかった……そのまま入っていたら壁に潰されているところだった……ありがとうアンジェリカ」

「間に合ってよかったわ……」

私はもしあのままリュスカが強欲の魔女を追いかけていたらと想像してゾッとした。

「くっ、開かない！」

アーノルドが閉じた隠し扉を開けようとするが、ビクともしなかった。

「こっちも反応しません！」

ろうそく立てをデイジーが動かすが、こちらも反応しない。

「ひひひ、潰れなかったか。残念だねぇ」

壁の向こうから声が聞こえた。

「もっとゆっくりやる予定だったけど、そんな時間はなくなったから、ずっと欲しかったものをいただくとするよ」

「ずっと欲しかったもの？」

ひひひ、とハナが笑う。

「この国だよ」

「な、なんですって⁉」

私はハナが逃げた壁を叩く。

「そんなことさせないわよ！」

「じゃあ止めてみるんだね。止められるものならね」

ハナが笑い声を上げながら壁から離れていくのを感じた。

「リュスカ、急がないと！」

「ああ！」

リュスカは後ろに控えていた兵士に命じた。

「今すぐこの壁の向こう側に兵を派遣しろ。公王にもこのことを報告に。宮殿の兵士に全員武器を持ち魔女を捕まえるように指示を」

「かしこまりました！」

兵士たちが一斉に走り出す。

私たちもそのあとに続こうとしたが、後ろから声をかけられた。

「わ、わたくしも連れて行ってくださいませ！」

そうだ。フレアが牢屋に入ったままだった。ハナはフレアから若さを奪おうとしていた。もしまた戻ってきたら、牢屋に入っているフレアには逃げ場がない。

「開けてやれ」

「は、はい！」

犯人をおびき出すために、事情を教えられていなかった牢番が呆然としていたが、リュスカの指示にハッとして、慌ててフレアの牢屋の鍵を開けた。

フレアは鍵が開くと同時に、慌てて飛び出してきた。

「ありがとうございます……あの、わたくし」

フレアが私に何か言おうとする。私はその先を察して口を開いた。

「さっきの魔女との会話を聞いていたわ。あなたが私を殺そうとしたわけじゃないこともわかってる」

フレアは少し私に嫌がらせをしたかっただけ。決して殺意などないし、もちろん重症にさせるつもりもなかった。

「だけど、自分の行動でこういう事態も起こるということはよく覚えておいて。無知は罪よ」

フレアがもう少し賢ければ、人から貰った薬を、どういったものか確かめもしないで使うなどという危険なことはしなかっただろう。よく知らない人のことを信用しすぎることもよくない。

どれもフレアに少し考える力と人と接する経験があれば起こらなかったことだ。

「ごめんなさい……」

フレアが瞳に涙を溜め、心底悔いている様子で言った。

これ以上は私が言うことはない。今はそれどころでもない。

「捕まえられるかしら?」

「相手は魔女だからな。何かまだ隠し玉があるかもしれない」

強欲の魔女。彼女について、私たちはあまりに情報が少ない。

「フレア、彼女から何か聞いていない？」

「いえ、何も……手を貸すからあとで報酬を寄越せ、と言われたぐらいで」

「そう……」

それだけでは力の詳細はわからない。

「アンジェリカ、魔女について勉強していたよな。何か強欲の魔女について教わってないか？」

「まだそんなに詳しく教わってないんだけど……」

「何でもいいんだ」

リュスカに促されて、私は自分の記憶を呼び起こした。

「えっと……確か強欲の魔女は『欲しいものを奪い取る』能力があって、でも他の魔女に比べたら万能ではなかったみたい。力を使うのに条件があったようだとか……彼女が起こした大きな事件は、国の武器を強奪して国を乗っ取ろうと——」

そこまで言って私とリュスカは顔を見合わせた。

「「それだ！」」

私たちは向かう先を武器庫に決めた。

「ど、どういうことですの？」

フレアはわからないのか、戸惑っていた。

「ハナは国を乗っとると言ったけど、歴史で習った強欲の魔女は簡単に国を乗っ取れる能力を持ってなかった。だから、また国を乗っ取ろうと思っても、簡単にはできないはず。きっと前と同じような方法を使って、今度は成功させようとしているのよ」

「ということは……まさか」

「そのまさかだろうな」

リュスカが続きを言った。

「武器を奪って乗っ取ろうとしているのだろう。この宮殿内にも武器庫はある。そして公王のいるここでそんな事態になったら……公王が人質状態になって、魔女の思う通りにことが進んでしまうかもしれない」

「た、大変ではありませんか……！」

フレアの顔が青ざめた。

「わ、わたくしがあの者の手を借りてしまったからですか？　わたくしのせいで……」

「いいえ。それとこれとは関係ないでしょう。ハナはフレアが私に嫌がらせをするよりさきにこの宮殿に潜り込んでいた。きっと前々から計画していて、フレアのことはついでだったはず」

「ついで……わたくし、ついでで若さを奪われるところでしたのですわね……」

フレアにとって大事なものであるはずだが、魔女にとっては主食前のおつまみみたいなものだったのだろう。

魔女の真の目的はおそらくこの国。

もともと機会を窺ってメイドとして潜入していたのだろう。

武器を奪うことが簡単にできるのなら、こんな時間をかけなかっただろうから、色欲の魔女であるベラの『目を合わせる』ことがベラの力の発現条件だったように、強欲の魔女であるハナが何かものを奪うときも、条件があるのかもしれない。

途中で出会った兵士たちに武器庫に来るように伝え、数人の兵士たちとともに、私たちは武器庫に到着した。

私たちの予想通り、そこにハナは一人で立っていた。

「あれ？　早かったね。ヒントを出しすぎたかね？」

剣、鉄砲、バズーカ、爆弾……様々な武器の中で、彼女は笑った。

「でも遅かったね。もうここの武器たちはあたしのもんだよ」

その余裕の笑みに警戒しながら、私は言った。

「ここにある武器を手に入れたと言っても、それだけの数一度に動かせないでしょう？　兵士たちに攻撃される前に、早くこちらに――」

チュンッ！

話している最中、何かが私の頬を掠った。

そう認識したと同時に、私の背後でドカン！　と大きな音が鳴り響いた。

振り返ると、私の後ろの壁に大きな穴が開いていた。

私の後ろにいた兵士はギリギリで避けたようで、怯えて足が竦んでしまっているようだった。

今のは間違いなく、攻撃だ。

武器庫の中の、武器の。

でも、確かにハナは武器を手になどしていなかった。

それなのに大砲が私目掛けて動いた。

——どういうことなの。

「外れたか。久々に操作するから難しいねぇ」

ハナがそう言うと、武器庫の中の武器の矛先がこちらを向く。

さきほどハナは、ここの武器はもうハナのものだと言った。どんな方法かわからないが、彼女は武器を自分の所有物にしてしまったのだろう。そして、これはもしかして——。

「まさか、遠隔で操作ができるの⁉」

「ご名答〜！」

ハナが楽しそうに笑う。ぞわっと背筋が粟立った。

「みんな伏せて！」

私の叫びと同時に、一斉に鉄砲が発砲される。

後ろからみんなの悲鳴が聞こえる。飛び交う怒号。大きな破壊音。魔女の高らかな笑い声。

戦況は最悪だ。

「ひひひ、あたしの力がどんなものか、気になるだろう？　冥途の土産に教えてあげるよ！」

もう勝ちを確信している強欲の魔女が、自分の秘密を語る。

「手に触れたものを自分のものにできるのさ。ただし、生物は別だ。その生き物に借りを作ってからでないと奪えない」

借り。

フレアとハナの会話では、フレアはハナに私へ一矢報いるために手を貸してもらったようだった。

それが魔女の言う借りなのだろう。

若さを奪いたくても、無条件には奪えないのだ。だからわざわざフレアに声をかけて面倒な取引を行った。

「それだけなの？」

魔女はもう隠す気がないのか、詳細に力について語ってくれた。

「あとは定義が曖昧なものもダメだね。国がほしいと思って国のどこかに手を当ててもそれはあたしのものにはならない。人の気持ちも、今吸っている空気だってダメだ」

なるほど。彼女の力はあくまで物体に対してのもの。生命からは条件付きでないと奪えない。

話をして時間を稼いでいる間に、兵士が武器庫の中に入ろうとする。

「おっと」

しかしすぐにハナに見つかってしまった。ハナは兵士の肩を銃で撃つ。

「ダメだよ。あたしはね、自分のものじゃないものはすぐにわかるんだ。この武器庫にあたしのものじゃないものが入ったら今度は撃ち殺すからね」

気付かれないように兵士を侵入させようと思っていたが、これではもうその手は使えない。

ハナにどう対応していいか戸惑い、私たちは二の足を踏んでいた。

「なんだい。もう手はないのかい。つまらないねえ」

ハナがふう、と息を吐いた。

「もうあんたたちと遊ぶのも飽きてしまったよ。それじゃ、そろそろここもお暇して、目的地に向かおうかな」

「目的地？」

にこりとハナが笑った。

「公王のところさ」

リュスカが思わず武器庫に飛び込もうとしたが、私が慌てて止めた。今入れば撃たれてしまう。

「武器だけで国を乗っ取るなんてできないからね。公王を人質に取るんだよ。そうしたらこの国はあたしの言うことを聞くようにせざるを得ない」

聞いていないのにハナがすべてを語ってくれる。

「その間にもっと武器を差し出してもらおうか。あればあれだけ戦力になるからね。前はスコーレットのせいで失敗したけど、今度はやつはいない。スコーレットの子孫も、大したことなさそうだしね」

リュスカを見下したように言うハナに腹が立つ。

しかし、手も足も出ないのが現実だ。

「よいしょ、っと」

ハナがバズーカで武器庫に穴を開ける。そこから出ていこうというのだろう。

「じゃあ、国はいただいていくよ」

ハナが武器を宙に浮かせる。自分のものになったら自由自在にものを移動させることができるようだ。武器ごと移動して、この武器たちで脅し、公王を人質にする気なのだろう。

「くっ、させるか！」

兵士の一人が銃を構えた。

「おや、日和ってるから普段は剣しか持ち歩いていないいんじゃなかったかい？」

ハナはここのメイドとして働いていたから、内部事情もある程度わかっている。ハナの言う通り、戦時以外では銃は使わないため、平時には銃は使用せず、武器庫に保管されていた。

「一丁兵舎に置いてたんだ！　この銃はお前の言う通りに動かないぞ！　くらえ！」

兵士から銃が放たれる。そこにいる全員が当たれ！　と祈った。

しかし――。

「残念だね」

盾によって防がれてしまった。

「数百年経っても銃の性能はあまりあがらなかったね。この盾で防げる程度だなんて、がっかりだ。でも防具がない相手には効果が大だからね」

武器庫には防具も置かれている。失敗した。今のがおそらく銃を使える最後のチャンスだった。

「お返しだよ」

ハナが剣を投げ飛ばし、銃を持った兵士の手に当てた。剣が手に刺さった兵士は手から銃を落とす。

「お前には剣のほうがお似合いだよ」

完全に遊んでいる。

「リュスカお兄様」

どうしたものか、と考えていると、ずっと黙っていたフレアが口を開いた。

「私に考えがあるんです」

私たちは、ハナに攻撃されないように身を隠し、フレアの話を聞いた。そして止める。

「そんなの危険だわ!」

「そうだ、もし想定しているのと違ったら……」

「お願いです。やらせてください」

しかしフレアの意志は固かった。

「この作戦はわたくししかできません。わたくし、もう足手まといになるのは嫌なのです」

私とリュスカは顔を見合わせた。そして頷く。

「わかった。無理はしないで」

「ダメだと思ったらすぐに中止するんだ」

「わかりましたわ！」

フレアが元気に頷く。

「必ず成功させます。皆様はどうか祈ってくださいませ」

フレアの瞳に迷いはなかった。

とても危険な賭けだ。だけど、もう正直、これしか方法がない。フレアにすべてを託そう。

私は攻撃されないように隠れた壁から、ハナに声をかけた。

「私に飲ませた毒はどうしたの？」

今の私にできることは、時間稼ぎだ。

「あなたはものを手に入れるしか能力がない。だけど、あなたが持ってきたのは魔女の毒だった。

……あなたが作ったものではないわよね？」

「さすが色欲の魔女を追い込んだ子だ。賢いね」

ハナがフレアに手渡した毒。それは確かに魔女の毒だった。スコーレットの薬で治ったのがその証拠だ。

ハナは『人のものを奪う能力』を持っている。しかし、『ものを作る能力』はないはずだ。つまり、あの魔女の毒はハナのものではない。

「あれは嫉妬の魔女が自分の目障りな人間を消すために作ったんだよ。それをあたしが自分のものにしたのさ。あいつはそうした小道具をよく作っていたから、奪われたことに気付かなかったみたいだね」

違う魔女の道具だったのか。魔女同士の付き合いがどうなのかわからないが、この感じでは魔女同士それなりの付き合いがあったのだろう。

「嫉妬の魔女の道具もスコーレットにほぼほぼ壊されてしまったけど、あれだけはあたしが隠していたから無事だったんだ。でもまさかスコーレットが薬まで作って後世に残しているとは思わなかったよ。用心深い男だね」

その用心深さのおかげで私は今こうして生きている。

「と、ついつい話し込んじゃったじゃないか。年取ると話が長くなっていけないね。じゃあ、ここらでおいとま――」

そこまで言って魔女が言葉を止めた。

いや、正確には止めざるを得なかったのだろう。

「は？」

いきなり背後からフレアが現れたのだから。

「捕まえましたわ」

フレアがハナに腕輪を嵌める。

魔女が慌てて背後にいるフレアを引きはがしたが、もう遅い。

「な、なんだいこの腕輪は！　くっ、取れない！」

ハナが必死に腕についた腕輪を取ろうともがいていた。

「無駄だ。それは魔女には外せない」

リュスカの言葉で諦めたのか、ハナが腕輪を外そうとするのをやめた。

「ふん。こんなもの、どうせ大したことない。もう面倒だ。お前たちあの世に行きな！」

ハナが武器を私たちに向けようと、手を振り上げた。

私は咄嗟に目を閉じた。

――しかし、何も起こらない。

「な、なんだ。何が起こった⁉」

ハナが何度も武器を動かそうと手を動かすが、武器は何も反応しない。ハナの力で宙に浮いていたらしい武器は、そのまま地面に落ちた。

「なんだこれは！」

ハナが混乱している。

私とリュスカ、そして兵士たちはその間にハナを囲み込んだ。

そして混乱しているハナにリュスカが教えてあげる。

「それはスコーレットの遺品……魔女の力を抑え込む腕輪だ」

「なんだとっ⁉」

ハナが腕輪を外そうとする。

「さっき言っただろう。それはスコーレットの遺品。魔女には外せない」

「くそっ！」

ハナがフレアに目を向けた。

「この小娘、なぜ近付けた⁉」

ハナの話の通りなら、ハナのものでないものはハナに近付けない。それ以外はすぐにわかると言った。

そうハナのもの。ハナが近付いても気付かないものは、彼女のものだけ。

「フレアはあなたのものなのでしょう。若さを奪う前の、ね」

ハナもようやく理解したのか、ハッとした。

そう、ハナとフレアは、フレアが手を貸し、それによりハナから若さを貰うと契約している。そしてハナはフレアの願いを、本人の意図とは違ったが叶え、ハナの若さを奪う権利を手に入れていた。

つまりいつでも若さを奪える状態――フレアはハナの所有物なのだ。

「お前のせいか！　お前の！」

ハナがフレアに飛びかかろうとするが、そうするより前に、兵士がハナを地面に倒す。

ハナが悔しさを隠せずフレアに訊ねた。

「お前……自分があたしのものかどうか、確証がなかっただろう。どうして飛び込んで来れた？」

フレアは臆することなく言った。

「もう後悔したくないからですわ」

胸を張って堂々と。

「わたくしはフレア・ロッティーニ。母は元公女で、スコーレットの血を引く子孫」

フレアがまっすぐハナを射抜いた。

「スコーレットの血筋は、魔女に屈することは決してない」

フレアとハナはしばらく見つめ合っていたが、ふとハナが笑った。

「く、くくくくく。なんだい、お前も強くなったじゃないか」

ハナはとても楽しそうだ。

「どうにかスコーレットからも逃げ切って、こうして生きながらえてきたというのにね。最後の最後にスコーレットの子孫にしてやられるとは……」

抵抗のなくなったハナが兵士に立たされる。

「ほら、歩け」

「ふん、自分で歩けるさ」

出口まで大人しく歩いていたハナが、ふいに立ち止まった。

そしてじっとフレアを見つめながら言った。

「あたしはいつか必ず牢獄から抜け出して、あんたの命を食らってやる。せいぜい首を長くして待っていることだね」

そしてふっと笑った。

そのままハナは兵士とともに消えていった。

それを見届けると、フレアはヘナヘナと座り込んだ。

「フレア！」

私とリュスカが駆け寄ると、フレアの身体は震えていた。

怖かったのだろう。ハナが言ったように、私たちの仮説が合っている保証はどこにもなかった。

もし読みが外れていたら、フレアは死んでいた。

「フレア……」

私はそっとフレアの肩に手を置いた。

「わ、わたくし、やりましたわよ」

フレアが懸命にほほ笑んだ。

「わたくしには家柄と血筋しかないと言いましたが……それとは別に、わたくし、公族の血筋であることを……スコーレットの子孫であることを、誇りに思っているんです」

私はフレアにほほ笑みかけた。

「そうね。きっとご先祖様も、あなたのような子孫がいて、誇りに思っているわよ」

私の言葉に、フレアは瞳から涙を溢れさせた。

「ごめんなさいっ、わたくし、わたくし、なんてことを……っ！」

私は泣きじゃくるフレアを抱きしめた。

「もういいの。もういいの」

そのまま落ち着くまで、彼女は泣き続けた。

エピローグ

ハナはそのまま牢屋に入ることになった。

死刑になるのかと思ったが、下手に手を出してスコーレットの腕輪の力が消えでもしたら大変だということで、そのまま寿命まで牢屋に入れるということだ。

死ぬまで牢屋暮らし。

長く生きながらえてきた彼女の最後が牢屋。おそらく本人は不本意であろう。だがすべて自分の行動の結果。自業自得である。

「でもフレアは怖いわよね。いつ魔女が出て来るんじゃないかって」

私はフレアに訊ねた。

「いいえ、大丈夫ですわよ」

フレアはケロリとして言った。

「わたくしスコーレットの子孫ですもの。あんなやつ、返り討ちにしてやりますわ」

フレアはすっかり強くなった。

自分に自信がなくて、ワガママという殻をまとっていたフレアはもういない。

「最近勉強もとても楽しいのです。ものがわかるというのは素晴らしいですわね」

そして勉強など、今まで嫌いで逃げてきたことにも挑戦している。

「それなら始めからやればよかったのに……」

「うっ……それはそうなのですけれど……」

フレアが唇を尖らせる。

「だって、いつも出来のいいリュスカお兄様と比べられるのですもの……誰だって嫌になります」

ああ……。

私はその光景が目に浮かんだ。

「リュスカはそのときなんて？」

「『フレアも頑張ればこれぐらいできるようになるよ』でしたわ」

「…………」

それはただ傷をえぐるだけだ。

フレアが苦手意識を持つのも仕方ない。きっとフレアはリュスカほどできなくても、誰かがその気持ちをわかってくれたら、勉強し続けられただろう。

だって彼女はとても頑張り屋だ。

「俺はフレアがやればできることを知っていたぞ」

アロイスの言葉に、みんなが白い眼を向けた。

「ほ、本当だぞ。本当だって」

「そのわりにきついこと言ってたじゃないですか」

私がフレアに出会った頃のとき、かなり辛辣な言葉をフレアにかけていたはずだ。

「それはその……」

アロイスが頬を赤らめた。

「フレアがリュスカリュスカ言うから……」

一同固まった。

「「「は?」」」

思わずみんな口から出た。それぐらい衝撃的だった。

それってつまり、アロイスはフレアのことを……。

「ま、待って……いつから、いつからなんですか?」

私の問いかけに、顔を赤らめたままアロイスが答える。

「……小さいときから」

さらに衝撃。

「きっかけは?」

「不器用で可愛いだろ」

なるほど。フレアのあの私からしたら困った行動たちは、アロイスには不器用で可愛く見えていたらしい。

「恋は盲目」

「ドミニク聞こえてるぞ?」

アロイスが拳を握ると、ドミニクはそそくさとリュスカの後ろに隠れた。弟を盾にしている……。

「まあまあ。そうだったの？　まったく気付かなかったわ」

公王妃が頬に手を当てて驚いている。

「気付かないようにしてたんだよ。だって俺がまだ公太子になる可能性も残っていたから」

それはつまり、公太子妃にフレアをするのがまずいと思っていたということである。

「それは、まあ仕方ないですね」

「うん。どうしようもない」

「仕方ないわねぇ」

「皆様わたくし本人がこちらにいましてよ⁉」

私、ドミニク、公王妃と、順番に仕方ない仕方ないと言われて、フレアが涙目になっている。しかし、仕方ない。だって昔のフレアはそれだけヤバかったのだ。

「でもほら。もうリュスカが公太子になるわけだし、もう隠す必要ないかなと思って」

リュスカが公太子になり、兄二人は臣籍降下する。そうなれば結婚相手に対するハードルも下がる。

「リュスカは結婚しちゃうし。長い片想いに区切りをつけて」

アロイスが自分を指さす。

「俺とかどう？」

フレアがカアッと顔を赤くする。その反応を見て、私はおやおや、と思った。

これは満更でもないな。

「か、考えてあげないこともないですわ！」

赤い顔をしてプイッと顔を背けてフレアは言った。

「え～。考えるってなんだよ今答えくれよ」

しかし無神経なアロイスには伝わらなかった。

「そういうところが人から嫌われるんだ」

「お前いっつもボソボソ言ってるけど聞こえてるからな！」

ドミニクの小さな呟きを拾いとってアロイスが怒っているが、ドミニクは慣れた様子で無視している。

「賑やかですねぇ」

「これからアンジェリカさんはこの人たちと家族になるのか」

様子を見ていたデイジーとアーノルドがしみじみと言った。

「もうこのままここに住むんですよね。寂しくなります」

「デイジー、私も寂しいわ」

このまま私は結婚する。そうなれば国にはそうそう帰れなくなる。デイジーに気軽に会うこともできなくなる。

「また遊びに来て」

「はい。うちの商品も持ってきますね！」

商魂たくましい。

ちなみにバクス商会の船はこちらでも受け入れられ、無事に契約された。

きっと世界中にこの船は普及する。

近々船での航海が盛んになることだろう。それが楽しみだ。

「はぁ〜……嫌だなぁ〜帰りたくないなぁ〜」

アーノルドは憂鬱そうだ。

「また仕事に忙殺される……あのクソジジイ仕事残しすぎなんだよ……どんなに頑張っても反発はあるし……味方の一人であるアンジェリカさんいないし……」

アーノルドがブツブツと呟いている。

「今は代替わりしたばかりだから忙しいのよ。いえ、王様だからずっと忙しさは付きまとうけれど……でも今よりはそのうち確実に楽になるわよ」

「本当かなぁ」

「本当本当」

アーノルドが胡乱な目で「本当かなぁ。本当ならいいな〜」と口にした。

「お嬢様」

アンが私に声をかけた。

「旦那様が到着致しました」

「本当に⁉　すぐに呼んでちょうだい！」

「もう呼んでおります」

そう言ってアンは後ろにいた人物を促した。

「アンジェリカ、遅くなってすまなかった」

父が申し訳なさそうにアンの背後から現れた。その後ろから、母と弟も顔を出す。

「アンジェリカ、久しぶりね」

「姉上、お変わりないですか？」

「お久しぶりです。この通り私は元気よ」

前半は母に、後半は弟に返す。

そして母がうっとりした声を出す。

「まあ、アンジェリカ。綺麗ねぇ」

私は今、ウェディングドレスを身にまとっている。

そう、今日結婚式なのだ。

「ありがとうございます。お父様、お母様。お世話になりました」

私は両親に頭を下げる。今日からアンジェリカ・ベルランではなく、アンジェリカ・スコレットとして生きていく。

「あなたもお父様とお母様をよろしくね」

弟は跡取りだ。このまま父と母とともに、あの屋敷を支えていく。

「姉上の代わりに、家を切り盛りします」

まだ幼い弟の頼もしいこと。これなら安心して嫁いでいける。

「では私たちは会場で待ってるわね」

「はい。話し相手ありがとうございました」

本来なら花嫁の控え室は誰もいないはずなのに、父たちの到着が遅れたので、ただでさえ緊張する結婚式前に一人は寂しいだろうと、みんなが来てくれたのだ。

父たちとともに、みんなが部屋を出ていく中、フレアがふと振り返った。

「言い忘れましたけれど、今日のあなた、とっても美しいですわよ」

「ありがとう」

フレアがふわりと笑った。

「世界一の幸せな花嫁になってくださいませね」

私もほほ笑み返した。

「ええ。もちろん」

愛した人と一緒になるのだ。これほど幸福なことはない。

フレアも部屋からいなくなり、私はアンに化粧を直してもらった。

「お嬢様。今日のお嬢様は、今までで一番輝いています」

「ありがとうアン」

幼い頃から一緒にいたアン。アンは涙を流していた。

「まだ式前よ」

「寂しくて寂しくて」

「これからも一緒じゃない」

アンはこのまま私付きのメイドとしてこの国で暮らしてもらう。生涯ともにいてもらう予定だ。

「それはそれ、これはこれなんです」

私は思わずふふふ、と笑った。

「さあ、お時間です。まいりましょう、お嬢様」

「ええ」

アンに案内されて、会場に向かう。

「あ、大事なことを言い忘れていたわ」

大きな扉の前、式場入口で私は立ち止まり、アンに言った。

「これからは、私のことは『お嬢様』ではなく、『公太子妃様』と言うのよ」

私はこの国の公太子妃となるのだ。もうアンのお嬢様じゃない。

アンは涙に濡れた顔で笑った。

「――かしこまりました。公太子妃様」

そして私の背中をそっと押すと同時に、会場の扉が開いた。

「さあ、いってらっしゃいませ」

扉の先には――リュスカがいた。

私と同じく純白のタキシードを身にまとい、身なりを整えたリュスカが。

私はそのまま一歩一歩とリュスカに近付いた。

リュスカの元にたどり着くと、リュスカと向かい合う。

「アンジェリカ」

ただ名前を呼ばれただけなのに、この幸福はなんだろうか。

「リュスカ」

私はリュスカを見上げる。紺色の瞳がまっすぐ私を見つめていた。

目の前にいる神父が口を開いた。

「リュスカ。汝はアンジェリカを病めるときも、健やかなるときも、愛することを誓いますか？」

「誓います」

リュスカは迷うことなく答えた。

「アンジェリカ。汝はリュスカを病めるときも、健やかなるときも、愛することを誓いますか？」

「誓います」

私も迷うことなく答える。

迷うはずがない。もう気持ちは決まっている。

「では指輪の交換を」

私とリュスカは指輪を交換する。

「アンジェリカ」

「リュスカ」

手を繋ぎ合いながら、見つめ合う。

「いろいろあったな」

「そうね。本当にいろいろあったわ」

私が婚約破棄を告げられたり、リュスカに告白されたり、ベラに操られた人に襲われたり、ベラが魔女だったり。

こっちに来てからも、リュスカの従妹には敵意を持たれるし、新たな魔女が現れるし、落ち着かない日々を過ごしていた。

「アンジェリカにはこれからも苦労をかけるかもしれない」

「あら、苦労させる気満々ね」

思わず笑ってしまった。

「それでもアンジェリカならともに苦労してくれるだろう?」

「もちろん」

私は頷いた。

「だって、病めるときも健やかなるときも、一緒だもの」

夫婦とはそういうものだ。

私とリュスカは確かな愛情と、親愛と、信頼と、強い絆で結ばれている。

ふっ、と私とリュスカは笑い合う。

「やっぱりアンジェリカには敵いそうにないな」

「同じ言葉を返してあげるわ」

笑い合いながら見つめ合って。

そして——私たちは口づけした。

ワッと式場内が湧き上がる。

その中には父や母や弟、スコレット公国の面々もいた。

「おめでとうー！」

「お幸せにー！」

みんなからの祝福を受け、私は彼らに向けて笑みを浮かべた。

婚約破棄を告げられたときはどうなるかと思ったけど、あれからリュスカと出会い、恋をした。

二人で様々な危機を乗り越えて、私たちは固い絆で結ばれてる。

愛情という名の絆で。

これからも二人で危機を乗り越えていくのだろう。もしかしたらまた新たな魔女が出て来るかもしれない。

だけど不思議と不安はない。

だってリュスカと一緒だから。

私はリュスカと抱き合いながら、再び深く口づけた。

番外編　アーノルドのデート

「この国にいるのもあと少しかぁ」

アーノルドが窓の外を見ながら言った。

「結局仕事ばかりで観光あんまりできなかったなぁ」

「私もです」

アーノルドだけでなく、デイジーも残念そうに窓の外を眺めていた。

「二人とも忙しそうだったものね」

アーノルドは挨拶回りや、王として必要なことなどを教えてもらい、デイジーはデイジーで、商会の代表としてあちこちに顔を出していた。

私もリュスカも忙しかったが、二人も本当に忙しそうだった。

「二人とも、私たちの結婚式が終わったら、国に帰るんでしょう?」

「うん。もう長く国を空けているからこれ以上はさすがにね」

ただでさえアーノルドは王になったばかり。立場的にもあまり長期不在にすると、父が見張っているとはいえ、貴族連中が何をするかわからない。

「歴代最短記録の王にはなりたくないからね。ちなみにうちの家系、長生きな上に問題起こさなかったみたいで、最短記録は前王だよ。ざまーみろ」

アーノルドが少し嬉しそうだ。憎き父親の顔に泥を塗ることができてすっきりしているのだろう。

前王がアーノルドにしてきたことを思えば、こんなこと軽いものだ。

「私も帰ります。商会に帰って、あれこれ相談しなければいけませんから」

無事船の契約を決めたデイジーが満ち足りた表情で言う。デイジーは本当に仕事が好きなのだなと再確認した。

「じゃあこの国を見る機会はもう本当に数日だけね」

「そうですね」

私はアーノルドを見た。アーノルドは気付かない。

私はアーノルドのわき腹を肘で突いた。

「わっ、何！」

私に気付いたアーノルドがこちらを向く。私は小声で話しかけた。

「何ボケーッとしているのですか？　今デートに誘うチャンスでしょう？」

「え？　今？　そういう流れだった？」

「そういう流れでした！」

鈍いアーノルドには空気を察することができなかったようだ。

「もうこの国を出ていくんですから、この機会を逃す手はないですよ」

「た、確かに……せっかく一緒にこの国に来たのに、お互い忙しくて、何もできなかった……」

アーノルドが少し悔いている。だが、仕事だから仕方ないことだ。

「よしっ！」

アーノルドが気合を入れた。

「デイジー！」

「はい？」

いまだに外を眺めていたデイジーが、アーノルドに向き直った。

アーノルドは途端にギシリ、と動きを止めた。

「？　どうしました？」

動かなくなってしまったアーノルドを心配して、デイジーが近付いた。

アーノルドはますます赤くなり固くなってしまった。

「あ、いや、あの、その」

私が今度は軽くアーノルドの足の甲を踏むと、アーノルドはハッと我に返った。

そして言った。

「み、みんなで出かけないか⁉」

みんなで⁉

そうじゃないそうじゃない！

慌ててアーノルドを止めようとするが遅かった。

「まあ、またみんなでお出かけできるんですか？　楽しみです！」

キラキラした瞳で嬉しそうにするデイジーに「アーノルドと二人で行っておいでよ」とは言えな

かった。

「……そうね。楽しみね」

私はアーノルドのヘタレっぷりに呆れながら、そう言うしかなかった。

◇◇◇

「だから俺もいるのか」

リュスカが呆れたようにアーノルドを見た。

「せっかくの機会なんだから、二人でいけばいいものを……」

呆れたようにというより、呆れている。

「いや、だってさ……もし二人で行こうって誘ったとしてだよ？　「え……」って反応だったら傷つくじゃないか……悲しくて俺明日から仕事できなくなるよ？」

それは面倒くさい。

「そんなの怖がっていたら、何もできないだろ」

「何もできないからこうして関係が進展していないんだよ」

自慢げに言うことではない。

「実際さ、デイジーが俺のことどう思ってるかわからないし……ねえ、アンジェリカさん。このデート中にこっそり聞いてくれない？」

ちなみに今は仕事で少し遅れるデイジーを待っているところである。つまりダブルデートはすでに開始されている。

「デート中に⁉　なんで⁉」

「いや……こうでもしないと聞けない気がして……いや、やっぱり怖いからいい」

「意気地なしにもほどがある！」

アーノルドは堂々と前王を追い出したりするくせに、恋になると臆病になるようだ。

「だってさぁ……デイジーは今の仕事好きみたいでしょ？　王妃になっても商売してはいけない決まりはないからもちろん続けていいんだけど、でも今ほど自由ではなくなるからさ……」

なるほど。そこもアーノルドにとってはネックとなっているらしい。

確かに仕事をしているデイジーは生き生きとしている。仕事を誇りに思っているし、今の生活が心底楽しいのだろうことが伝わってくる。

「そう……ですね。それを理由に断られる可能性も高そうですね」

「ほらぁ！」

正直に伝えると、アーノルドがショックを受けたようにしゃがみこんだ。

「はあーあ。どうして目の前にあっさりくっついたカップルがいるのに俺だけこんな……はぁーあ」

それは私たちのことだろうか。

「いや、あっさりくっついたわけじゃ……」

「いや、だって出会いからして、リュスカはアンジェリカさんを助けたわけでしょう？　もう出会ったときから好感度高かったわけでしょう？　しかもリュスカの顔が好みだったわけでしょう？　出来レースじゃん」

出来レース……。

私なりに悩んだりいろいろあったのだが、人の目には出来レースに見えたのだろうか。

「俺の場合そんな衝撃的な出会いじゃなくて、ただアンジェリカさんに紹介されただけだし……出会いからやり直したら可能性あるかな？」

「できないことを願ってもな……」

リュスカに現実を突きつけられ、アーノルドは項垂れた。

そんなアーノルドをリュスカは優しく諭す。

「変えられない過去を思うより、今努力するしかないだろう？」

「リュスカ……」

アーノルドが感動したかのようにリュスカを見る。

「そうだよな……今頑張るしかないもんな……」

アーノルドはようやく決心がついたようだ。

「じゃあやっぱりここは二人で」

「いやそこはいてくださいお願いします」

やっぱりヘタレじゃないの。

「お待たせしましたー」

そこにデイジーがやってきた。アーノルドが慌てて立ち上がる。

「すみません。ちょっと商談が長引いてしまって……」

デイジーは急いできたのだろう。汗を流し、息が荒かった。私はハンカチを差し出した。

「ありがとうございます」

デイジーは素直にハンカチを受け取った。

「そんなに急がなくてよかったのに……」

「お待たせして申し訳なかったですし、それに……」

デイジーがはにかんだ。

「皆さんとのお出かけ、久しぶりで楽しみで」

思わず「うぐっ」と胸を押さえた。今間違いなく見えない矢に射抜かれた。同じく射抜かれたアーノルドが床に蹲っている。

アーノルドが惚れこむのもわかる。デイジーは可愛い。

久しぶりのお出かけ……そうか。オーガストとベラの一件以降、みんなそれぞれ忙しく、一緒に出かけることなどできなかった。みんなで出かけたのは、あの合同デート以来かもしれない。

「私も楽しみだわ」

デイジーにほほ笑みかけると、彼女もにこりと笑い返してくれた。

私とデイジーがほのぼのしているその後ろで。

「……アーノルド、ああいうとき、お前が『楽しみだね』って言うべきなんだよ」

「はっ！　あまりの可愛さについいっ！」

貴重な好感度上げの機会を失い、アーノルドが悲しんでいた。

これで大丈夫かしら……たぶんこの国でデイジーと仲良くする最後のチャンスだと思うのだけど。

それに、クレイン王国に戻ったら、アーノルドはもちろん、デイジーも多忙で顔を合わせる機会も減ってしまうだろう。以前と違い、もうみんな卒業してしまっているから、学園で会うということもない。

ここがアーノルドの踏ん張りどころだ。

「それで、どこに行くの？」

行先を聞いていない。

前のデートは街歩きだったけれど、今回もそうだろうか。

「実は場所は決めているんだ」

アーノルドがようやく自分が話せる番だと張り切っている。

「どこ？」

「ふふふ、この国の首都には有名な観光スポットがあるんだよ」

「それってこの大通り？」

スコレット公国の大通りはすごい店舗数で何でもあり、まさに観光の目玉と言えるだろう。

しかし、アーノルドはチチチと舌を鳴らした。

「いいや。買い物よりもっといいものだよ」

アーノルドが「まあついてきて」と言うので、私たちは大人しくついていった。

少し歩くと、そこは現れた。

「じゃじゃーん！　遊園地！」

「遊園地？」

とはなんだろうか。

着いた場所は、大きな広場のような場所に、何か乗り物たちが数点ある。ところどころ家のような場所もあって、何をする場所なのか、わからない。

リュスカは知っているだろうかと見てみたが、リュスカも首を横に振った。

「俺が国を出たときはなかったな」

「ふふん、そうだろう、知らないだろう」

なぜかアーノルドが誇らしげだ。

「ここは遊園地というテーマパークで――」

「いろいろな乗り物に乗ったり、遊園地のキャラクターたちの劇を見たり、ここ独自の食事をしたり、たくさん遊べるところですよね⁉」

アーノルドが説明するより早く、デイジーが答えた。

「……そうです」

意気揚々としていたアーノルドのテンションが少し落ちた。

しかし反対にデイジーのテンションが上がっていた。

「ここ来たかったんですよ！　大人も子供も楽しめるアトラクション！　機械技術に強いアルト王国とスコレット公国が共同計画して作った、次世代の遊び場！」

デイジーの瞳は輝いていた。

「予算がかかりすぎるから赤字になるのでは、と言われていたけれどその予想をひっくり返して大幅黒字を出し続けているんですよ。老若男女問わず遊びに来ていて、一日楽しめるのが魅力ですよね」

はあ、とデイジーがため息を吐いた。

「これだけ大成功している事業もなかなかないですよ。羨ましいぐらいです」

デイジーの家のバクス商会も、儲かっているはずだが、この遊園地の利益はそれ以上のようだ。

「私が気になっていることを知っていたんですか？　忙しくて見学に来れないかと思っていたので、

嬉しいです！」

デイジーの輝かんばかりの笑顔に、アーノルドは再び気分を高揚させたようだ。

「そうです」

明らかに嘘である。

デイジーが興味あるかどうか、おそらくわかっていなかっただろうに、アーノルドは堂々と嘘と吐いた。

「はっ、こうしてはいられません。すぐにチケットを買って、たくさん見ないと！」

「あ、そうね」

デイジーに促され、私たちはチケット売り場でチケットを買った。なんと入場券を払えば、乗り物は乗り放題らしい。そのせいか、入場券は多少高かったが、毎回乗り物にお金を払わなくていいとなれば、むしろ安いほうだ。

「面白いシステムね」

「そうですよね！　乗り物一つ一つお金を払わないから、その分の本来なら必要だった、お金のやり取りが減って、人件費も削減できる画期的なシステムですよ！」

なるほど。つまり、客と店側、どちらも嬉しいシステムということだ。

「うちもいつか遊園地事業にも手を出したいんですけど、機械に強いアルト王国に伝手がないと難しいですかねぇ。でももういっそ、すべて自分たちだけで作るという手も……」

デイジーがブツブツと何かを言っている。

私はデイジーの腕を引っ張った。

「ほら、ここで観察だけしてないで、実際に乗ってみましょう」

ただ見ているより、どういうものかわかるし、何より楽しいはずだ。

私に腕を引かれてハッとしたデイジーは「そうですね！　乗り物に乗らないと！」と言ってどの乗り物に乗るか、パンフレットを見ながら悩み始めた。

「乗りたいものすべて付き合うから、なんでも言ってね」

「いいんですか？」

デイジーは私の言葉に安心したかのように、パンフレットを指さした。

「このジェットコースターに乗りたいです」

「わかったわ。行ってみましょう」

私たちはジェットコースターの場所に向かった。

そしてついたところには。

「ぎゃあああ！」

「ひえええええ！」

「おおおおおお！」

あらゆる種類の雄たけびが聞こえてくる場所だった。

この遊園地の中で一番大きく、一番叫び声の響き渡る場所だった。

急降下したりすごい速さで走る乗り物らしい。

「何これ、すごい」

それしか言えない。正直足が竦んでいる。

「でしょう？　すごい試行錯誤して作ったらしくて、人間のチャレンジ精神と、恐怖に対する「きゃあああああ！」」

デイジーが何か説明してくれているが、叫び声で聞こえない。

とにかく恐ろしい乗り物ということはわかる。

人の流れは順調に進み、いずれ私たちの番がきてしまう。

みんなは大丈夫なのかと様子を窺ってみると――。

「母上お助けくださいお母上お助けくださいお母上お助けください」

ひたすら天国にいる母親に助けを求める人間がいた。

「アーノルド……？　そんなに怖いなら待っててくれても……」

というか乗れるのか、乗る前からこんな感じで。

私が仏心を出してそう提案するも、アーノルドは首を横に振った。

「いいや、大丈夫。ここでかっこいいところを決めてみせる」

「…………」

私は今動いているジェットコースターに乗っている人々を見た。

「ぎゃあああああ！」

「いやあああああ！」

「ふわあああああ！」

みんな叫んでいる。

……あれ、かっこいいところ見せられるのか？

甚だ疑問であるが、並んでいれば順番がきてしまうものである。

ついに私たちの番がきて、私たちはジェットコースターに乗り込んだ。

私とリュスカ、アーノルドとデイジーの席で座る。

「母上お助けください母上お助けください母上お助けください」

後ろにまだ祈っている男がいる。どう考えても今かっこ悪い姿をデイジーに見せていると思うが、いいのだろうか。

ギギギギ、とジェットコースターが上昇する。

これ、本当に落ちないでしょうね。

ハラハラしながら、もう少しで頂上というそのとき。

「アンジェリカ」

リュスカが話しかけてきた。

「何？　リュスカ」

「俺はすっかり忘れていたんだが」

ギギギ、とゆっくり上っていく。

「俺な」

ギギギギという音がやたら大きく聞こえる。

「高所恐怖症だった」

「は⁉」

リュスカの衝撃的な告白を聞くと同時に、ジェットコースターは急降下した。

「きゃあああああああ！」

強い風を感じながら、私は思った。

これ結構面白い。

◇◇◇

「だ、大丈夫？　リュスカ」

私は顔色の悪いリュスカに飲み物を差し出した。

「ああ。ありがとうアンジェリカ」

リュスカはそれを受け取るもやはり元気がない。

「普段高いところに行くことがあんまりないからすっかり忘れていた……宮殿は大きく高さもあるが、あれは室内だし、窓に寄らなければ高さなど感じないからな……」

だから普段リュスカの高所恐怖症に気付く機会がなかったのか。

「とにかく少し休みましょう。あっちもあんなだし」

私の視線の先にはデイジーとアーノルドがいた。

そう、ぐったりしているデイジーと、ケロッとしているアーノルドが。

「す、すみません……言い出しっぺがこんなで……」

デイジーに合わなかったようだ。

「俺は楽しかった」

あれだけビビっていたのに、アーノルドは満喫していたようだった。

「大丈夫よ。時間もまだいっぱいあるんだし」

ベンチに座りながら、みんなで飲み物を飲んだ。

「独特な乗り物が多いみたいね」

「そうだな。次は高さがない乗り物がいい」

リュスカの本音だ。

「あ、じゃあ」

顔色がだいぶよくなったデイジーが、一つの建物を指さした。

「あそことかどうです？」

「あれは何？」

他の建物が明るい感じなのに対し、それはシンプルだが少し怖さを感じる外観をしていた。

「お化け屋敷です」

「お化け⁉」

アーノルドが反応した。それを見たデイジーが「あ」と気付く。

「ごめんなさい。アーノルド陛下はお化け苦手でしたね」

デイジーが申し訳なさそうにする。

それを見て私はアーノルドのわき腹を肘で突いた。アーノルドがハッとする。

「い、いいや！　大丈夫！　作り物のお化けなんだよね？　それなら全然怖くない！」

そう言うアーノルドにデイジーがホッとする。

「よかった。他とは違うアトラクションと聞いて、入ってみたかったんです」

これでアーノルドに「やっぱり怖いからやめます！」と言う選択肢はなくなった。

お化け屋敷はジェットコースターほど人が並んでおらず、すぐに順番がきた。

入口の不気味さで、すでにアーノルドが怯えまくっている。

「ぜぜぜぜ全然怖くないよ⁉」

やせ我慢である。その証拠に足が驚くほど震えている。

しかし、ここまで来て入ることをやめるなどできない。アーノルドはおそるおそる入口をくぐった。

「いらっしゃいませ〜」

「いやーっ！」

ヌボーっと誰かが現れた。ちなみに今の甲高い声はアーノルドである。

少しだけ怖そうな雰囲気の服を身に着けた女性はろうそくを持ちながら立っていた。

「このろうそくを二人一組でお持ちください。火が消えたり、立ちすくんでいる様子が窺えたら、従業員が助けにまいります」

「あ、はい」

女性からろうそくを受け取る。どうやら説明係らしい。

「もうダメだ、と思ったときは『リタイア！』と叫んでください。では良いお化け日和になりますように」

良いお化け日和とはなんだろうか。

私たちは女性から受け取ったろうそくを、アーノルドとデイジー、私とリュスカで持つことにした。

私たちの前をアーノルドたちが歩く。

どうも古い城をモデルにしているようで、今私たちは玄関を通り廊下を歩いているようだ。

薄暗く、埃っぽい演出は、アーノルドではないが、なかなかの恐怖心を覚える。

「アーノルド陛下が住んでいた離宮を思い出しますね」

「ここまでじゃなかったけど⁉」

古めかしい離宮だったが、さすがに定期的に掃除のメイドが入っていたので、ここまで汚れていなかった。

「わざわざ怖い思いをするためのアトラクション……誰が喜ぶのこれ」

アーノルドがブツブツ呟いている。

「結構人気らしいですよ。特にカップルに」

「カップルに⁉　なんで⁉」

確かに、派手さはないし、暗いし、他のアトラクションのほうがカップルに向いている気がする。

「怖いと密着しても変じゃないし、女性に抱き着いてもらえる機会もありますから。それに暗いから、そうしたイチャイチャをしていても、誰の迷惑にもならないでしょう？」

デイジーの説明を聞いて納得する。そう言われれば、確かに暗いから他の客など見えないし、誰かに見られる恐れが少ないから、堂々とイチャイチャできる。

これはアーノルド、チャンスでは⁉

そう思いアーノルドを見るが。

「うわあああ今あの人形動かなかった⁉」

「ただの飾りですね」

「うわああああのカーテン動かなかった⁉」

「ただの飾りですね」

全然ダメだった。

まだお化けが現れる前だというのに、アーノルドはビビりまくっていた。デイジーはまったく怖がっていない。というより、アーノルドがあそこまで怖がっていたら、デイジーも怖がる機会を失くすだろう。

ビクビクするアーノルドに、へっちゃらなデイジー。立場が完全に逆転しており、アーノルドが怯える彼女そのものだった。

「アンジェリカは怖いの大丈夫なのか？」

「まったく平気というわけじゃないけど、まだ怖くはないわね」

怖い作りと演出だなぁ、と思うけれど、それだけだ。

「これはこれだけで終わりなのかしら？　もっとお化けとか出て来るのかと思ったんだけど」

お化け屋敷というから、もっとお化けが襲ってきたりするのかと思っていた。

「出て来るはずなんですけどね」

デイジーが言った。お化けはいるらしい。

まあアーノルドはお化けがいない状況でこれだから、いないほうがいいかもしれないが……。

ヒタヒタヒタ……。

「ん？」

ヒタヒタヒタ……。

アーノルドの怯えに注目してしまって、気付かなかったが、何か音がする……？

ヒタヒタヒタ……。

いや、これは足音だ。靴を履いていない人間の、静かな足音。

いくらお化け屋敷の中でも、靴を脱ぐなど通常ありえない。私たちの中の誰も靴を脱いでなどおらず、ヒタヒタヒタ……の音とともに、私たちの靴の音も聞こえてくる。

私たちじゃないなら、この音は誰のもの？

しかもこの音……すぐ後ろから聞こえてくる。

私はおそるおそる後ろを振り返った。

私のすぐ真後ろにそれはいた。

薄汚れたドレスを身にまとった青白い顔。長く無造作にされた長い黒髪。大きく見開いた瞳。そして口から垂れる血。

『わたしが見える……？』

かすれた小さな声で呟いた。

「いやーーーーー！　見えてないです!!」

アーノルドが叫びながらデイジーの手を引いて走り出した。私も思わず叫びながらそのあとに続く。

いやいやいやいやいやあれは怖い！

すぐ後ろだったなんだったら首に息がかかった！

すさまじい速さで走り抜けるアーノルドはあっという間に見えなくなった。

「う、嘘でしょう⁉」

はぐれた⁉

あのパニック状態ではぐれるなど、不安しかない。アーノルドは大丈夫だろうか。デイジーがうまくやってくれるといいのだが。

「あれ？」

リュスカもいない……？

私はろうそくを手にしながら、その場を慌てて見回した。

いない。

「はぐれた……？」

リュスカともはぐれてしまった。そういえば、目の前のアーノルドたちを追うのに夢中で、リュスカを気にしていなかった。

どうしよう。ろうそくは二人一組で持っていて、リュスカと私の分のろうそくは私が持っている。

つまりリュスカは今明かりがないのだ。

「大変だわ」

明かりがなければ、この暗闇の中を移動するのは難しい。

リュスカを探しに行かなければ……。

そう思うが、この場から動くことを躊躇ってしまう。

「普通に怖い……！」

さっきの恐ろしい体験が脳裏によぎる。まだあのお化けが近くにいるかもしれないし、一人ぼっちの今、再びあのようなことになればパニックになる自信がある。

怖いからすぐにこのお化け屋敷から出たいし、リュスカと合流したいから探しに行きたいのに、足が竦んで動けない。

どうしよう……。

途方に暮れていると、何か音が聞こえた。

コツコツ……。

足音だ。

コツコツコツ……。

しかもこちらに近付いてくる。

もうかしてさっきのようなお化けがまた背後に……？

私は全身の鳥肌が立った。

そして、肩に手が置かれた。

「ひっ」

思わず声が上擦った。

「いやーーーーー！」

そしてそのまま肘鉄を食らわせた。

確かな手ごたえを感じ、振り返ると――。

「リュスカ⁉」

お腹を抱えてしゃがみ込むリュスカがいた。

待って、今確かに肘が誰かの腹にめり込む感触がした。つまり、それって……。

私はお腹を押さえて動かないリュスカを見た。

リュスカは苦しそうにしながらも、ゆっくり顔を上げた。

「結構なお手前で」

「ごめんなさい！」

私は慌てて駆け寄った。

「大丈夫？」

「ああ。アンジェリカは護身術がきちんと身についているようで安心したよ」

前に攫われたときの一件で、私が護身術を習っていることはリュスカも知っている。

「そういえば……また誘拐事件などの事態にならないように……護身術の講師も……」

「リュスカ、無理してしゃべらないで！」

とても苦しそうだ。

「敵に襲われたら今のように思いっきりやるんだぞ」

「わかったから！」

私はリュスカのお腹を一緒に摩った。

「大丈夫？　人を呼びに行こうか？」

暗闇で人気がないが、ここはアトラクションの中だ。さっきの説明係のように、どこかに従業員がいるだろう。

「いや、大丈夫だ。もうだいぶ痛みも収まってきた」

リュスカが立ち上がる。

「無理しなくても……」

「こう見えて俺も鍛えているから、これぐらい平気だよ」

リュスカが笑う。

「アッパーとか食らっていたら危なかったかもしれないな」

確かにアッパーだったら脳震盪を起こしていたかもしれない。

「どこに相手がいるか正確にわからなかったから、確実な方法にしたの」

「あの一瞬でそこまで考えたのか。すごいな」

普通に会話するリュスカはもう問題ないように感じた。でも思い切りやってしまったからあとで医者に診てもらおう。

「アーノルドたちは？」

「さあ。完全にはぐれてしまったみたいだ」

近くに彼らの気配はしない。

「俺たちも行こうか」

そう言って、リュスカが手を差し出した。

「え」

「暗いから、またはぐれないように手を繋いだほうがいい」

確かにまたはぐれないとも限らない。

私はリュスカの手を取った。

私と違う、骨ばった大きな手。リュスカの手だ。

「途中で合流できるといいな」

「う、うん」

私はふわふわした気持ちで返事をした。意識が手に集中してしまう。
さっきまであんなに怖かったのに、今はドキドキしか感じない。
ドキドキドキ。
『怖いと密着しても変じゃないし』
デイジーの言葉が頭をよぎる。
そうだ。密着してもいいのだ。
私は思い切ってリュスカの腕にしがみついた。
「アンジェリカ⁉」
リュスカが驚いた声を出す。とても恥ずかしかったが、私はそのまま言った。
「手だとまたはぐれるかもしれないし！」
ただの口実だ。きっとリュスカにもわかっている。
「……そうだな」
だけど、リュスカはそれには触れず、そのまま一緒に歩いてくれた。
胸がさきほどより高鳴っている。
『結構人気らしいですよ。特にカップルに』
デイジーの言葉を思い出しながら、これは人気なのもわかるな、と思った。

◇◇◇

お化け屋敷から出たら、燃え尽きてる人がそこにいた。

対してデイジーは楽しそうである。

「面白かったですね！　お化け屋敷！」

「そ、そうね……」

アーノルドが恨めしそうに私たちを見る。

「いいねえ……君たちは……仲良くしちゃってまぁ……」

アーノルドの視線が私たちの腕に注がれ、慌てて外した。

腕組んだままだったの忘れてた！

「えっと……大丈夫でした？」

「大丈夫だよ。醜態は晒しまくったけどね」

アーノルドが遠い目をした。

「一緒に行く相手が怖がるのを見るのも、このアトラクションの楽しさだなと確認できました！」

「そ、そう……」

デイジーが楽しそうならよかった。

「ちょっと休憩しましょうか」

燃え尽きたアーノルドを引き連れて、ベンチに誘導した。

「何か飲み物でも買ってくるわ」

「あ、私も一緒に」

ついて来ようとするデイジーを止める。

「大丈夫。アーノルドと一緒にいてあげて。リュスカ、一緒に行きましょう」

私はリュスカに声をかけると、リュスカは私の意図を汲んで頷いた。

私はアーノルドに近付く。

「何が飲みたいですか？」

訊ねながら、私はアーノルドにそっと本題を耳打ちする。

「ちょっと時間をかけて買いに行ってきますから、その間にビシッと決めててくださいよ」

「ええ⁉」

燃え尽きていたアーノルドは一気に覚醒した。

「ビシッと決めるって……」

「今日を逃したらもう機会はないかもしれませんよ。ただでさえアーノルド陛下はヘタレなんだから」

「はっきり言うね……」

私はアーノルドがビシッと決めたくなるように後押しする。

「いいですか、アーノルド陛下。デイジーはあの通り可愛くて素直でいい子です。それに加えて実家は裕福な商家。結婚相手にこれほどいい相手はいないと思いませんか？」

アーノルドがピクリと反応した。

「それって……」

「アーノルド陛下のようにデイジーに気があるのは、一人二人じゃないってことですよ。機会を逃したらあっという間に逃げられちゃいますよ」

アーノルドが唾を飲み込んだ。それを見て私は彼から離れる。

「アーノルド陛下はサイダーですね。では買ってきます」

アーノルドの「俺オレンジジュース……」という言葉はスルーした。

歩きながらリュスカと会話する。

「アーノルドはいけそうか？」

「さあ、どうかしらね。でもここで決めないともうきっと二人に機会は来ないと思う」

多忙な二人だ。向き合える機会はきっと今日が最後。

「とりあえず、二人が喜ぶような食べ物も買っていきましょうか」

私とリュスカはアーノルドの成功を祈り、買い物に出かけた。

◇◇◇

飲み物と食べ物を買って戻ると、アーノルドとデイジーが向かい合っていた。

私は慌ててリュスカの手を引いて木陰に隠れる。

「どうしたんだ？」

「シッ」

リュスカに静かにするようにジェスチャーする。リュスカは察して口をつぐんだ。

「あ、あの……」

アーノルドが緊張した声を出す。

ついにアーノルドがデイジーに伝えるのか⁉

私はドキドキしながら続きを待った。

「……あの……」

そして自信のない声に変わった。

「きょ、今日はいい天気だねぇ！」

「そうですね」

「ふ、二人とも遅いね」

「そうですね」

「き、今日の格好も可愛いよ」

「ありがとうございます」

にこにこにこにこ。

デイジーは穏やかだ。

もしかして、私たちが買い出しに出てから、ずっとこんな会話をしているのだろうか。

この感じでは話は進んでいなそうだ。

「あの……」

アーノルドがまた言い淀んだ。

どうしよう。あきらめて助け舟を出すべきか。

「あの……」

「お話したいことがあるのですが」

私が悩んでいると、アーノルドの声を遮るようにデイジーが口を開いた。

「いいですか？」

「も、もちろん」

アーノルドがまったく主導できていなかった会話の主導権をデイジーに譲った。

「私、仕事が好きなんです」

デイジーは穏やかな声音で話し始めた。

「いろいろな商品について考えることも、商談をすることも、人々がそれを使って喜ぶ姿をみるのも、好きなんですよ」

「……うん」

アーノルドは頷いた。デイジーが仕事に誇りを持っていることも、それが大好きなことも、彼は知っている。

「結婚しても続けたいと思っています」

「うん」

デイジーがそう思っているだろうことも、知っている。

「でもいろいろ反発もあると思うんですよね。結婚したあとも、嫁としての役割を果たしていないとか言われたり、うちの商会と懇意にしていて贔屓だと思われるかもしれないし」

「うん」

「なので」

デイジーがアーノルドをまっすぐ見つめた。

「なので、私自分で商会を立ち上げようかと思うんです」

「……え」

想定外の展開だった。思わず私も「え」と口から出てしまい、慌てて口を塞いだ。

戸惑うアーノルドに構わず、デイジーは話を続けた。

「そうしたら贔屓にしているという声もなくなるでしょうし、私が立ち上げたものが、国を代表する商会になったら、うるさい人たちも黙らせられると思うんです」

デイジーは自信ありげにほほ笑んだ。未来への構想がもうあるに違いない。目標を持って行動しようとしている人間の表情とは、ここまで生き生きして、美しいものかと感動した。

デイジーがさっとアーノルドに手を差し伸べた。

「だから、私を選びませんか？」

「え？」

デイジーがにっこりほほ笑む。

「王妃が自分の実家の家業をずっと手伝うのは、文句が出そうだから、自分で商会を作ってそういうやつをぎゃふんと言わせますし、いつか必ず国を代表する商会にしてみせます」

そこでわかった。

そうか、彼女が自分が王妃になる前提で今将来の話をしていたのだ。

「どうですか。お買い得だと思うんですけど」

自信満々に手を差し出すデイジーに、アーノルドが一度言葉に詰まったような声を出したが、しっかりとその手を握った。

「結婚してください」

「喜んで」

二人が手を握り合った瞬間、息をひそめて成り行きを見守っていた、他の遊園地利用客がわっと湧いた。

「兄ちゃんよかったなぁ」

「いい子だね。大事にするんだよ」

「今のプロポーズって言うんでしょう？　僕知ってる！」

「お幸せに！」

いろいろな人に祝福されて、二人は幸せそうだった。

その輪に混ざるために、私とリュスカも木陰から出ていく。

のちに彼女は宣言通り、国一番どころか、世界で有数の商会を運営することになるのだが、それはまた別の話。

番外編　お忍びデート

「アンジェリカ、出かけないか？」

リュスカが突然提案した。

「どうしたの？　忙しいんじゃないの？」

「少しぐらい時間を作ることぐらいできるさ」

私以上に公王となるリュスカは忙しそうで、心配だった。

「リュスカの負担になるならいいのよ」

この国に来てから忙しいのと魔女の出現などがあって、なかなか二人で出かけることなどできなかったが、少し残念には思えど、この先何年もこの国にいるのだ。機会はいくらでもある。

「アーノルドとデイジーも国に帰っちゃったし」

次に会えるのはいつだろうか。もしかしたら二人の結婚式かもしれない。

「俺は二人で出かけたいんだ」

「え？」

私はリュスカを見た。

「結婚後初めてのデートに行こう」

「……はい」

顔を赤らめて返事をする。リュスカとデート。なんだかんだ、そんなにデートをする機会もなく結婚してしまった。

リュスカとの貴重なデート！

というわけで、二人で出かけるために、公王と公王妃に許可をもらいに行った。

◇◇◇

「新婚旅行に行ったらどうだ？」

お出かけの許可をもらいに行ったら公王からまさかの提案をされた。

「新婚旅行、ですか？」

「ああ。新婚なのだから、何もおかしなことはない。むしろ公太子と公太子妃が旅行をすれば、それだけその場所が活気づいて経済効果もある。みな喜ぶから行ってきなさい」

新婚旅行、確かに私たちは新婚だが、忙しさもあってまったく考えていなかった。

でもいいのだろうか。私もリュスカも仕事がある。

「ですが、公務が……」

「今まで二人がいないでなんとかなっていたんだ。無理にやらなくてもいいものもある。明日にでも行けということでもない。日程をうまく調整するように宰相に伝えておくから、仕事のことは気にしなくていい」

「そうよ。いざとなったらアロイスやドミニクに手伝ってもらうから大丈夫よ。あの二人にも公家の人間として、きちんと働いてもらわないとね」

一瞬アロイスとドミニクの「え？」と言う声が聞こえた気がした。

そうだ。彼らも公務向きの性格ではないが、公家の人間。リュスカと私の仕事の代わりをするぐらいはできるはずだ。

「ありがとうございます」

こうして私たちは新婚旅行に行くことになった。

◇◇◇

「うわー、すごい」

溢れる自然。鳥のさえずり。

私たちは公家の所有する別荘の一つに来ていた。

「なんだか、勝手にスコレット公国は都会のイメージを持ってしまっていたけれど、当然だけど、こうしたところもあるのよね」

「栄えている町が多いことは事実だが、自然の豊かさでも他国に負けてないさ」

そういえば、穀物などの輸出も多かったはず。都会と田舎両方のいいところを併せ持った国なのだろう。

別荘は宮殿に比べたらこぢんまりしたものだったが、それでも私の実家よりは大きい。

玄関を開けると、数人の使用人が出迎えてくれた。

「ようこそお越しくださいました」

使用人のリーダーらしい白髭の執事の男性が挨拶をしてくれる。

「しばらく世話になる。よろしく頼む」

「お任せください。お二人の到着を、村の住民みな喜んでいますよ」

滞在するこの別荘は小さな村の中にある。

「ああ。あとで顔出ししよう。まず休もうか」

「そうね」

二日かけて馬車で来たので、少し疲れがある。ただ乗っているだけだが、お尻も腰も痛くなる。

それに馬車の中でじっとしているというのは案外窮屈だ。

「公太子妃様。腰でもお揉みしましょうか？」

当然ながらアンも一緒に来ている。

手をワキワキさせながらこちらに迫るアンが少し怖い。

「そ、そうね。あとでお風呂上りにでもお願いしようかしら」

「その間に食事の準備をしておこう。さきに風呂に入ってくるといい」

リュスカが気を利かせてくれる。確かに身体がベタつくしお風呂にも入りたい。

「じゃありがたくそうさせてもらうわね」

「ああ。ここの風呂はいいぞ。疲れが飛ぶ」

どうやら自慢の風呂のようだ。

「なにせ、温泉だからな」

温泉！

「お、温泉って、地中から湧き出て来るあの⁉」

「ああ。なんでも昔怠惰の魔女が作ったものを、スコーレットが手に入れたらしい」

「魔女が温泉を⁉」

悪さばかりするイメージだったが、温泉を作ったりもするのか。

「怠惰の魔女はいかに自分が怠惰に過ごせるかに重きを置く魔女だったらしい。自分が怠惰に過ごせるように国を乗っ取って仕組みから変えようとしたところをスコーレットに退治されたとか」

「結局国を乗っ取ろうとしているのね……」

魔女というものは国がほしくて仕方ない生物なのだろうか。

それにしても、怠惰に過ごしたいから国を乗っ取るってすごい。怠惰のためにすごく行動しているじゃないか。最終的に怠惰に過ごせたらいいのだろうか。わからない。魔女の考えがわからない……。

「この別荘自体が怠惰の魔女のものだったらしい。怠惰を極めし怠惰の申し子である怠惰の魔女が作った屋敷……」

つまり、とリュスカが続けた。

「ベッドやその他もありえないほど怠惰に過ごせるものだから、楽しみにしてくれ」

「怠惰に……⁉」

私は衝撃を受けた。

幼き頃に王太子妃になることが決まり、それ以来勉強漬けの毎日だった。婚約破棄したあとも、今度は飛び級するための行動や、公太子妃になるための勉強もあったため、生まれてこの方、暇と言える時間を過ごしたことはない。

その私が怠惰に過ごす。

「今まで俺たちは頑張ってきた。ここにいる間は存分に休もう」

休んでいいのか。存分に。

私はドキドキしてきた。

初めての体験だ。存分に休む。今までできなかった休暇が急に与えられた。

今まで二回だけリュスカとデートしたが、それはこういうのんびりするものではなかった。

温泉に入ってぐっすり眠る。

なんと優雅な休暇だろうか。

「どうしよう。私怠惰の魔女と仲良くなれるかも」

「俺もだ」

もし今も生きているならお友達になれるかもしれない。

「じゃあお言葉に甘えてお風呂に入らせてもらうね」

「ああ。ゆっくり入ってきてくれ」

私はアンに入浴の準備をしてもらい、お風呂に向かった。

「わぁ～！」

私は思わず感嘆の声を上げる。

目の前には大きな大きな温泉があった。

屋外に設置された温泉は、その広さもさることながら、そこから見える自然の景色も素晴らしかった。

綺麗な緑の中に、滝が見える。

そよそよそよ、と風が葉っぱを揺らし、滝の流れる音を聞きながら温泉に浸かる。

「ふぅ～」

思わず息を吐き出してしまう。

温泉は源泉かけ流しらしく、吹き出し口から大量に温泉が出てくる。

硫黄の匂いを嗅ぎながら、水より滑り気のある温泉に肩まで浸かる。

外の景色を見ながら、私は呟いた。

「いい……」

すごくいい。とてもいい。

ここを怠惰の魔女が作ったのだとしたら、センスの素晴らしさを褒めたい。

怠惰をするための労力を厭わないところ、嫌いじゃない。

泳げそうなほど広い、岩で囲まれた湯船で、私は怠惰の魔女を心の中で褒めた。

「公太子妃様。気持ちいいのはわかりますが、あまり長湯はダメですよ。のぼせます」

「わかったわ」

気付けば少し長い時間入ってしまっていたようで、外で控えていたアンに注意される。

名残惜しいが温泉から出て、アンに着替えを手伝ってもらい、私は食堂に向かった。

そこには素晴らしい料理の数々が並んでいた。

かぼちゃのポタージュ。牛肉のステーキ。フレッシュ野菜のサラダ。クルミのパン。……その他様々な品が所狭しとテーブルに置かれてる。

「どれも地元の食材だよ。ここは野菜も、肉も、怠惰の魔女のおかげでたくさん取れるんだ」

「え？　魔女のおかげ？」

「作物を育てるのが面倒だと、魔女が早く作物などが育つように魔法をかけたらしい」

すごい。本人はおそらく自分のためにやったのだろうが、今のところ人が喜ぶことしかしていない。

「おかげで農業が盛んな地域なんだ」

「だから自然が多いのね」

馬車で見たときも、この辺りに工場などは見当たらなかった。ほとんどの住民が農業を生業としており、それで生活が充分成り立っている証拠だ。

「季節外れの野菜とかもあるのね」

「怠惰の魔女のおかげでどんな野菜も育つんだ」

それは素晴らしい。季節関係なくどんなものも作ることができるなど、農業従事者がほしくて仕方ない力だろう。

「魔女って迷惑なだけの存在だと思っていたけど、こうして人の役に立つ魔女もいるのねえ」

「変わり者ではあったみたいだけどね」

変わり者でなければ怠惰に過ごすためにそこまでしないだろう。

「この屋敷も、実は国を乗っ取ろうとした怠惰の魔女がスコーレットとの対決を嫌がって、国もここも明け渡して逃げていったと伝えられているんだ」

「そうなのね」

そういえば、ネリー先生の授業でも、「怠惰の魔女は国を乗っ取る前に逃げていった」と聞いたことを思い出す。

戦うことさえ面倒だったのだろうか。さすが怠惰の魔女。

私はかぼちゃのポタージュをスプーンで掬って口に入れた。

「！」

声にならない声を出してしまった。かぼちゃ本来の甘さが感じられるまろやかな味。さらさらしたポタージュではなく、少しまぼちゃのざらつきが残っているのも、食感を楽しめた。

「おいしい！」

喜ぶ私に、リュスカが笑みを浮かべる。

「だろう？　いっぱい食べてくれ」

「うん」

私は遠慮なく他のものも食べさせてもらった。どれも本当においしくて、生産者の愛と、魔女の力の恩恵を感じさせた。

「デザートももちろんある」

一通り食べたところで、リュスカが指を鳴らした。

すると、執事が何かを持ってきた。

「スイカのジェラートです」

「スイカ！」

スイカは大好物だが、夏しか食べられない。しかしここでは秋でなくてもかぼちゃが出て来るし、夏でなくてもスイカが出て来る。

食べたいものが季節関係なく食べられるのは嬉しすぎる。

私はスイカのシャーベットを口に含んだ。

ひんやりとした触感。スイカのほのかな甘さが舌先に広がる。

「おいしいか？」

「もちろん！」

おいしくないわけがない。

ぺろりと平らげてしまった。お腹も満たされ、私は大満足だ。

「じゃあそろそろ寝る準備をしようか」

「そうね」

私たちは食事を終え、ともに部屋に戻ろうとした。

そして部屋の前にリュスカとともに来て、ようやく私は気付いた。

「もしかして、同じ部屋？」

リュスカがにこりと笑う。

「ああ」

リュスカと同室！

私は緊張で手が震えた。

そう、実はまだ初夜を迎えていない。

婚約から結婚までが結構早いスペースだったので、恋愛慣れしていない私に、リュスカが合わせてくれているのだ。

それがいきなり同室。

私はどうしたらいいのかわからず固まった。

「大丈夫」

リュスカが気遣うように、私の手を取り部屋の扉を空けた。

中は広く、装飾も美しいデザインで、少しばかり心が躍った。

そしてそこでひと際存在感を放っているのがベッドである。

大きなベッドまで連れていかれ、私は覚悟を決められず、ぎゅっと目を瞑った。

そんな私にリュスカが言う。

「これが怠惰の魔女のベッドだよ」

…………。

「え？」

「これが説明した、怠惰の魔女のベッド」

リュスカがベッドを指差す。

「魔女のベッドは一つしかないから、悪いけどベッドは一緒でお願いしていいか？」

リュスカから他に意図は感じられない。本当に同じベッドで眠るだけなのだろうか？

「う、うん……」

私は頷いた。

リュスカとともに寝るのは嫌ではない。諸々の覚悟がまだできていないだけだ。

いまだ硬い表情の私の手を引いて、リュスカがベッドに横になる。

リュスカと並ぶ形になり、その距離の近さと、何よりリュスカの美麗な顔がすぐそばにあり、私は顔に一気に熱が集まった。

この距離はやはりもしかしてもしかするのだろうか？

もうここで覚悟を決めるしかないのか？

私が慌ただしく思考を巡らせていると、リュスカがほほ笑む。

「寝心地いいだろう？」

「え？　う、うん。とても」

ふかふかで、どこか太陽の匂いがして。

今までも手入れのされた素敵なベッドで寝ていたと思うけれど、これはどこか温かさを感じるベッドだった。

緊張が一気にほぐれていく。

「大丈夫、すぐだから」

リュスカの声もどこか遠い。

「一瞬だよ」

私の思考はそこで終わった。

◇◇◇

「はっ」

次に目覚めたとき、天井が見えた。

「え？」

目覚めた？　待って私あの状況で寝た？

いくらなんでもあそこから眠れるもの⁉

私は驚いて布団から飛び起きた。

あの状況ですやすや眠れた自分が信じられない！

頭を抱えていると、隣にいるリュスカも目を覚ました。

どこか寝ぼけ眼で、とろんとした表情で、それが妙な色気を醸し出していた。

「おはよう、アンジェリカ」

少し掠れた声まで色っぽい。まだ朝だというのに変な気分になってくる。

「お、おはよう」

動揺しながら挨拶を返す。

「あの、昨日って……」

あのあとどうなったのだろうか。

ドキドキしながら訊ねると、リュスカがケロリと答えた。

「ああ。そのまま寝たよ。俺も眠気が限界だったし。これは怠惰の魔女のベッド。いつでも快適な睡眠が得られるベッドだからね」

ベッドから下りたリュスカが、私の手を引いてベッドから下ろしてくれる。

「そろそろ出ないと、また二度寝しちゃうからね。何せ魔女の力が働いているベッドだ。油断するとずっと寝続けてしまう」

それはいけない。貴重な休暇が。

「あの、昨日言ってたすぐって」

「すぐに眠れただろう?」

私はようやく合点が言った。

リュスカが一緒に寝ようと言ったのも、このベッドに入ったらお互いすぐに眠ってしまうからだ。

夫婦らしいことをしようとしても無理なのだ。このベッドでは。

変なことを考えてしまった自分が少し恥ずかしい。

「ええ、とてもよく眠れたわ」

誤魔化すように答える。

実際未だかつてないほどよく眠れた。こんなにすっきり朝を迎えるのは久しぶりかもしれない。

「今日は村まで行こうか」

リュスカがにこりと笑う。

「祭りがやってるんだ」

◇◇◇

「わーーーー！」

小さな村のお祭りだ。だからあまり期待していなかった。

しかし、目の前には私の想像を超えた光景が広がっていた。

屋台、屋台、屋台。人、人、人。

そして中央には大きな火があり、人々がそこを中心に踊っている。

「すごい！」

こんなにぎやかな祭り、なかなか拝めるものではない。

「この時期はこの祭り目当てであちこちから観光客も来るんだ」

リュスカが人込みに流されないように、私の手を引いてくれる。

屋台の店もいろいろな種類がある。

リュスカは慣れたもので、屋台の人と話し、とうもろこしを購入していた。

「はい」

「あ、ありがとう」

香ばしく焼かれたとうもろこし。私はどう食べたらいいのかわからなくて、リュスカを見た。

リュスカは私に気付き、こうするんだ、と見本を見せてくれた。

ガブリ、ととうもろこしを横に持ち、リュスカは思いっきり噛みついた。

私は驚いて固まってしまった。

「ほら、食べてみて」

固まった私をリュスカが促す。この食べ方、はしたなくないだろうか。緊張しながら同じようにとうもろこしをかじった。

「ん！」

おいしい！

何か薄くタレを塗っているのか、とうもろこしの甘さの中に、塩気を感じた。

「ね。たまにはこういうのを食べてみるのもいいだろう？」

普段ナイフとフォークでばかりものを食べている。手で持って食べるなど、前にデートで食べたクレープ以来だ。

そうだ。前にクレープだって一緒に食べたのだ。そのときもリュスカは何も言わなかった。リュスカは食べ方で文句を言うような人間ではない。

だから存分に満喫しよう。

「そうね。とてもおいしいわ」

私も笑みを返した。

「お姉ちゃんたち〜！」

子供たちが駆け寄ってきた。

「お姉ちゃんたちもお願いごと書いた〜？」

「お願いごと？」

子供たちは紙と羽根ペンを手渡してくれた。

「お願いごと書いてあそこの火の中に入れるんだよ〜！」

子供たちが指差すのは、中央にある火だった。

「そうしたら願いが叶うんだよ〜！」

「そうなのね。教えてくれてありがとう」

子供の頭を撫でてお礼を言うと、子供たちは楽しそうに他の誰かにまたお願いの書き方を教えに行った。

しかし、子供の一人がふと足を止めてこちらを振り返った。

「できるだけ怠惰なお願いがいいよ～！　怠惰の魔女様が叶えてくれるよ～！」

「怠惰の魔女が⁉」

待ってどういうことなの⁉

聞こうと思ったが、子供は言うだけ言うと満足したのか他の子供たちの輪の中に戻っていってしまった。

「ここでは怠惰の魔女は神様みたいなものなんだよ。作物をよく育つようにしてくれたし、温泉も作ってくれたからね」

言われてみれば、怠惰の魔女はこの地ではいいことしかしていない。本人はあえていいことをしようとしたのではなく、自分がいかに怠けられるかを追求した結果なのだろうが、それによってここに住む人たちは豊さを手に入れている。

リュスカに説明され、私は納得した。

「国を乗っ取ろうとしたけれど、スコーレットに敵わないとわかったら、あっさり投降したらしいし。だから他の魔女と違い被害はあまり出していないらしいし、魔女の中では悪い人ではなかったのかもな」

さすが怠惰の魔女。少しでも面倒だと思うことに労力はかけないのだろう。その結果、この地が豊かになった。確かに神様扱いも納得だ。

「願い事決まったか？」

「あっ、待って！」

すっかり忘れてしまっていた。願いを書かなくては。

「怠惰な悩み……」

私は紙と羽根ペンを手に持って悩む。

怠惰な悩みって……何……？

生真面目に生きてきたので、手を抜くような願いが思いつかない。

「そんなに悩まなくても。適当でいいんだから」

「それができたら苦労はしない……」

適当とはなんだ。

「自分がどんな感じに怠けたいかでいいんじゃないか？」

どんな感じに怠けたいか……。

私は悩んで悩んで、決めた。

『一か月に一回、なんにもしない日を作る』

これだ！

私は意気揚々と紙に書く。それを見たリュスカが渋い顔をした。

「アンジェリカ……それは願いというより目標かもな」

「はっ！」

言われて読み返すと確かに。

だがもう一度書くのも面倒だし、願いであることには変わりないはずと思いながら、火の中に入れる。

私が投げこんだ紙は一瞬で燃えた。

願いが叶うといいな。

そう願いながら火を眺める。

「お姉ちゃんたちも踊りなよ～！」

さきほど紙をくれた子供たちが楽しそうにこちらに手を振っていた。

「踊ると一年面倒なことが降りかからないって言われてるんだよ」

決して穢れを落とすや、神様への感謝のためなどとは言わない。この村の住民みんながそうだ。

さっきから願いにしろ何にしろ、どう怠けるかということに重きを置いている。さすが怠惰の魔女のためのお祭り。

私は踊ることにした。一年間面倒が降りかからないといいなと願いを込めて。

「こうかな？」

「もっと肩の力抜いて！　これは怠惰なお祭りなんだよ？」

踊ると子供たちに指摘された。もっと怠惰に踊らなければいけないらしい。

さすが怠惰の魔女のためのお祭り。彼女に恩がある人々にとっては、怠惰に過ごすのも大切なことなのだろう。

私は村の人たちに交じって、楽しく祭りを堪能した。

◇◇◇

「さあ公太子妃様。お風呂に入りましょう」

祭りから帰ってきてすぐにアンからそう提案された。

「今はいい――」

「なんですって⁉　お風呂に入りたくて仕方ない⁉　ではそのままお風呂に直行しましょう！」

アンは私のお風呂道具を持って私を連れてお風呂に向かった。どうしても私をお風呂に入れたいらしい。

「アン、まだしばらくお祭りしてるらしいから、私と一緒に行きましょう？」

「まあ！　それは楽しみですね」

アンにお風呂の準備をされながら答える。

「さ、これを持っていってください」

そう言って差し出されたのは大きめのタオルだった。

「？　これは？」

「身体に巻いて入ってください」

「これから温泉に入るのに？」

「温泉で野獣がいるかもしれません」

「温泉に野獣？　別荘の中にある温泉に？」

アンが私の身体に大き目のタオルをグルグル巻いた。

「いいですか。タオルを巻いたまま入ってくださいね。もし身体を洗うときに脱いでもすぐにつけて」

「わかったわかったわかった近い近い近い」

アンが私の顔にくっついてしまうのではないかと思うほど顔を近付けて念押ししてくる。

「タオルを取ったら人類が滅ぶと思ってください」

「タオルぐらいで!?　人類が弱すぎる……」

「公太子妃様の行動で世界が滅亡します」

たったこれだけの行動で世界滅ぶの責任重大すぎでしょ……温泉でタオルなんてはだける可能性あるでしょ……。

反論したいがすると面倒なことになるのが目に見えてる。

とにかくタオルを外さなければいいのだな、と思いながら温泉に入った。

特に中には誰もおらず、私は少しタオルを外して身体を洗うと、再びタオルを身体に巻きつけた。

水分吸って重いし張り付いて邪魔……。

しかしアンは言うことを聞いておかないとその後がうるさいのだ。正直に従っているほうがいい。

私は身体も髪も洗い終わると、ようやく温泉に浸かる。

ああ……やはり最高……。

タオルが邪魔だと思っていた気持ちもどこかにいってしまう。

いいな温泉……宮殿にも湧いて出ないかな……。

そんなしょうもないことを考えながら温泉に入っていると、ガラッという音がして温泉と脱衣所を繋ぐ扉が開いた。

……扉が開いた？

私はおもむろにそちらへ顔を向けた。

扉を開けた人物とぱちりと目が合う。

リュスカだ。

「リュリュリュリュリュスカ!?　なんで!?」

慌てて肩まで浸かっていた湯船に顎まで浸かる。

ここの温泉が白い濁り湯でよかった！　タオルを巻いているけど、透明だったら心許なかった。

「アンジェリカ？」

リュスカも予想外だったのか、驚きを隠せていない。

リュスカも腰にタオルを巻いている。よかった……！

「どうしてここに？」

リュスカに訊ねられ、出ていくにいけない状況で答える。

「どうしてって……アンに言われて……」

「俺もアンに言われて……」

二人で一瞬黙り込んでしまう。

アン……嵌めたわね……。

どうやらこうしてリュスカと温泉で顔を合わせている状況はアンによるもののようだ。

なぜタオルを身体に巻くのかと思ったけど、こういうことだったのね……。

リュスカの腰のタオルも同じようなものだろう。

「わ、私出るね。少し向こう向いてて」

タオルを巻いているとは言え、露出が多い。見られるのは恥ずかしすぎる。

「あ、ああ」

リュスカが顔を横に向けてくれる。

私はそれを確認してから、そっと湯船から出て、リュスカの隣を通って出ていこうとした。

そう、したのだ。

足を滑らせるまでは。

「あ」

つるん、と音がしそうなほど綺麗に足を滑らせ、そのまま地面にぶつかる、と思ったそのとき。

「危ない！」

リュスカの叫びとともに、衝撃を受ける。

ドスン！　と大きな音を立てて転んでしまったが、身体に痛みはない。

あれ？

私は確かに転んだはずだ。だけど、今私の身体は何か温かいものに抱きしめられている。

……抱きしめられている？

私は自分の身体に巻きついている腕から徐々に視線をたどっていく。

そしてカチリ、と綺麗な紺色の瞳と目が合った。

その瞬間瞬時にすべてを理解した。

リュスカが助けてくれたのだ。

「リュ、リュスカ……？」

ギュッと抱きしめられて、私はそのまま固まるしかなかった。

リュスカの腕がそのまま私の素肌に触れている。

「無事でよかった」

リュスカが安心したのか、深く息を吐き出した。

「気を付けてくれ。アンジェリカに何かあったら……」

本気で心配してくれていることが伝わってくる。

「ごめんなさい……」

私がリュスカを大切に思うのと同じように、リュスカも私のことを大切に思ってくれているんだ。

リュスカの思いに胸が温かくなる。

「これからもっと気を付けるわね」

「ああ。一人の身体じゃなくなるかもしれないし」

一人の身体じゃなくなるかもしれない？　それって……。

私はボッと顔を赤くした。

「な、何を言うの！」

「何もおかしなことは言っていないだろう？」

「そ、それはそう……ね」

でもまだ早いんじゃないかしら？

いや、早くない？　そうね私たちもう結婚してるのよね……でもでもやっぱり！

私は頭の中がパニックになりそうだった。少し落ち着きたい。だけどそれもできない。

「あの……リュスカ……」

私は勇気を出して声をかけた。

「いつまでこのままなの……？」

そう、私とリュスカはずっと抱き合ったままだ。

タオル一枚隔てた、ほぼ裸の状態で。

「……ごめん！」

状況に気付いたリュスカが慌てて離れた。

「いや、その、アンジェリカを助けることで頭がいっぱいになってしまって……」

「ええ。大丈夫、わかってる」

リュスカが下心でそうしていたのでないことぐらいわかる。

離れたことでさきほどまでの状況を意識してしまう。

そして離れたということは、私の姿もリュスカに見えているということだ。

ほぼ裸の、この姿を。

恥ずかしい。今すぐどこかに隠れたい。

「俺、さきに出るから、アンジェリカはゆっくり入ってくれ」

「う、うん」

気を利かせたリュスカが出ていく。

私はその後ろ姿に声をかけた。

「ひ、一人の身体じゃなくなるのが嫌なわけじゃないから！」

リュスカに勘違いしてほしくない。

愛する人の子供がほしくないわけない。むしろ望んでいる。

「わかってる」

リュスカは振り返りそう言うと、笑みを浮かべて去っていった。

私はその笑みに当てられて、ゆっくりと湯船に頭まで入った。

ちょっと相手の裸を見て、見られただけでここまで緊張してしまうとは。

私は湯船から顔を出し、ぷはっ、と息を吐いた。

「……さきは長そう」

◇◇◇

「せっかく私がお膳立てしたのに」

アンが恨めしそうな目を向けて来る。

「それなのにまったく進展がなかったんですか？　それでも結婚してるんですか？」

アンから言葉の矢が放たれる。

「俺たちは俺たちのペースでやっていくんだから、いいんだよ」

「リュスカ……」

アンはリュスカの言葉に深くため息を吐いていたが、私はリュスカの優しい言葉に胸をときめかせた。

「そんなことを言うと、公太子妃様のことだから、十年ぐらい待たせますよ」

アンの言葉を聞いてリュスカがゆっくりこちらを見た。

「……さすがに十年は待てないかもしれない」

「十年は待たせないわよ！　……たぶん」

少し自信がないけど、それまでには覚悟もできるだろう。たぶん。

「というか、アン。あなた私がスコレット公国に来たときはリュスカをけん制していたくせに、手のひら返しがすぎるでしょう⁉」

リュスカと扉が繋がっていると知って、アンはリュスカを警戒していたはずだ。当然リュスカはずっと紳士だった。

「あのときは結婚していなかったじゃないですか。結婚前と結婚後では違います。結婚後もそのままでは困ります」

正論すぎて言い返せない……。

そのとき、コンコンとノックがされた。

「どうぞ」

返事をすると、メイドの一人が手紙を数通持ってきた。

「お手紙が届きました」

「ありがとう。そこに置いてくれ」

メイドはリュスカの指示に従うと、その場を去った。

リュスカが手紙を手に取る。そして一気に渋い顔になった。

「どうしたの？　仕事？」

「いや、仕事じゃない。仕事じゃないけど困ったことだ」

リュスカが手紙を一通開封した。

そして深くため息を吐いた。

「はい」

「え、読んでいいの？」

リュスカがコクリと頷いたので、私はその手紙を受け取った。差出人は——。

「お前の優秀な兄、アロイス様より……」

もう嫌な予感しかしない。

いやいや、差出人確認しただけでやめてはだめだ。私は気を取り直して手紙を開いた。

『リュスカ。休みを満喫しているか？　しているだろう。俺はおかげで満喫できてない。リュスカが戻ってから楽できてたのに一気に降りかかってきた。最悪だ。俺も温泉に行きたい。早く帰ってきてくれ。お土産は温泉饅頭な』

読まなきゃよかった。

「まだあるぞ」

リュスカが別の手紙を差し出してきた。

「ドミニクより……」

今度は差出人の記載が普通で安心した。私は手紙を開く。

『アロイスがうっとうしい。早く戻れ。土産はそこの温泉水と土でいい。研究する』

短かった。とりあえずアロイスが嫌なことと温泉水と土を持ち帰ってほしいことは伝わった。

「最後だ」

リュスカから渡された手紙を開く。

『アンジェリカとうまくいっておりまして？　リュスカお兄様は鈍いところがあるから、きちんと察しないといけませんわ！　察するのが苦手だったら、アンジェリカにイエスノー枕を……』

「この子はなんの話をしているの⁉」

長々とフレア流の恋愛アドバイスが書いてある。

いらない！　そもそも恋愛失敗した人にアドバイスされてもリュスカも困る！

『お土産はそこでしか買えない泥パックを買ってきてくださいませ』

「みんなお土産をしっかり要求してくる」

どれもここでしか手に入らないものだ。そしてどの手紙の差出人も早く帰ってきてほしそうだ。

「リュスカ、どうする？」

「決まっているじゃないか」

リュスカがにこりと笑う。

「ここは怠惰の屋敷だぞ？」

彼はビリッ、と手にしていた手紙たちを破る。

「まだまだ怠惰に過ごそう」

「そうね」

私は舞い散る手紙を見ながら、リュスカに同意した。

Dノベルf

したたか令嬢は溺愛される2
～論破しますが、こんな私でも良いですか？～

沢野いずみ

2024年3月10日　第1刷発行

★定価はカバーに表示してあります

発行者　瓶子吉久
発行所　株式会社　集英社
〒101－8050　東京都千代田区一ツ橋2－5－10
03(3230)6229(編集)
03(3230)6393(販売／書店専用)　03(3230)6080(読者係)
印刷所　大日本印刷株式会社
編集協力　株式会社シュガーフォックス

ISBN978-4-08-632021-4　C0093

作品のご感想、ファンレターをお待ちしております。

あて先

〒101－8050　東京都千代田区一ツ橋2－5－10
集英社ダッシュエックスノベルf編集部　気付
沢野いずみ先生／TCB先生